Bettina von Cossel
Carolin von Saint Paul
Heilig's Mördle

wellhöfer VERLAG

Wellhöfer Verlag
Ulrich Wellhöfer
Weinbergstraße 26
68259 Mannheim
Tel. 0621/7188167

info@wellhoefer-verlag.de
www.wellhoefer-verlag.de

Titelgestaltung: Uwe Schnieders, Fa. Pixelhall, Malsch
Satz: Wellhöfer Verlag, Mannheim

Die Erzählung ist frei erfunden. Ähnlichkeiten mit wirklichen Personen oder tatsächlichen Ereignissen sind nicht beabsichtigt und somit rein zufällig.

ISBN 978-3-95428-234-0

Bettina von Cossel
Carolin von Saint Paul

Heilig's Mördle

wellhöfer VERLAG

Von Herzen dankbar sind wir Erika Schmutz für ihre wunderbare schwäbische Sprachberatung.

Freidig

1

»Danke, Frau Meier, Sie können jetzt in die Küche gehen«, schnöselte Frau Hübner-Eberstein, während ihre wohlmanikürte Hand wie ein Geier über dem Gebäckteller kreiste. »Meine Mutter und ich möchten uns allein unterhalten.«

Gierig schlugen ihre rotlackierten Nägel in ein rosa überzuckertes Petit Four.

»Selbstverständlich, ich habe sowieso noch zu tun.« Mit zusammengekniffenen Lippen verließ die Angesprochene den Raum. Berta Meier – mollig, resolut und Anfang sechzig – kümmerte sich bereits seit mehreren Jahren um die zarte Frau Hübner, nachdem diese ein wenig gebrechlich geworden war. Für die alte Dame war sie Gesellschafterin, Freundin und die gute Seele des Hauses zugleich. Was deren abscheuliche Tochter natürlich abgestritten hätte, hätte man sie gefragt. In deren Augen war sie nicht mehr als irgendeine x-beliebige Putzfrau.

»Das musst du doch einsehen, Mutter«, drang Frau Hübner-Ebersteins nervtötende Librettostimme zu Berta in den Flur, nachdem sie die Zimmertür wie zufällig einen Spalt offengelassen hatte. »Schließlich bist du über achtzig. Das Altenheim, das wir ausgesucht haben, ist in Heroldstatt, überhaupt nicht weit entfernt. Wir können dich regelmäßig besuchen.« Es entstand eine kleine Pause; wahrscheinlich zermalmte sie ein weiteres Petit Four zwischen ihren Zähnen. »Außerdem ist die reizende Frau von Biedersdorff auch dort untergebracht. Du weißt doch, deine ehemalige Nachbarin aus der Mark Brandenburg.«

So ist das also, ging es Berta durch den Kopf, die Hexe will ihre Mutter in ein Heim stecken. Sie presste ihr Ohr noch näher an die Tür. Die zarte Stimme der alten Dame war auf die Entfernung nicht so leicht verständlich wie die ihrer Tochter.

»Auf keinen Fall. Du weißt doch, wie ich darüber denke.«

»Ich bin sicher, dass es dir gefallen wird. Dein Zimmer hat direkten Zugang nach draußen, mitten in den Garten. Schöner kann man es gar nicht haben.«

»Aber ich lebe schon mein halbes Leben hier in Blaubeuren«, begehrte Frau Hübner mit leiser Stimme auf. »Diese Wohnung ist mir ans Herz gewachsen – und dann mein geliebter Blautopf. Das kann ich doch nicht aufgeben. Da bin ich lieber tot als im Altenheim.«

Den Worten folgte ein leises Schluchzen. Berta zerknüllte ihre Schürze mit den Händen. Am liebsten wäre sie ins Zimmer gestürmt, um Frau Hübner-Eberstein gehörig die Meinung zu sagen. Leider stand ihr das nicht zu. Schließlich gehörte sie nicht zur Familie.

»Um deine Haushälterin brauchst du dir übrigens keine Sorgen zu machen, Mutter«, wehte die Stimme der marilynblonden Bestie zu ihr hinüber. »Wenn du ihr ein gutes Zeugnis schreibst, findet sie sofort eine neue Anstellung. Außerdem kannst du ihr eine kleine Erinnerung schenken, einen versilberten Bilderrahmen oder etwas in der Art. Dir fällt bestimmt etwas Nettes ein.«

»Berta hat viel mehr verdient als das. Sie kümmert sich fabelhaft um mich, aber ich gehe sowieso nicht ins Heim. Das kannst du dir aus dem Kopf schlagen.«

Frau Hübner-Eberstein lachte kurz auf. »Du kannst dir schon einmal überlegen, welche Möbelstücke du mitnehmen willst. Die Entscheidung ist gefallen, ich habe bereits alles in die Wege geleitet. In vier Wochen ziehst du um, sonst hast du mich das letzte Mal gesehen.«

Berta hatte genug gehört. Mit wild klopfendem Herzen zog sie sich in die angrenzende Küche zurück. Dort machte sie sich einen Instantkaffee, den sie immer trank, wenn sie nachdenken musste. Aufgeregt sank sie auf die gepolsterte Eckbank, ließ drei Würfel Zucker in ihren Becher plumpsen, auf dem ihr ein liebevoll blickendes Äffle und Pferdle entgegenlächelten, und rührte so heftig um, dass das Getränk fast über den Rand geschwappt wäre. Jetzt war es also so weit, genau wie Frau Hübner es immer befürchtet hatte.

Fahrig schob sie eine braune Haarsträhne wieder zurück, die sich aus ihrem Dutt gelöst hatte, und hob den Becher zum Mund. Doch der wunderbar süße Milchkaffee konnte sie auch nicht in bessere Stimmung versetzen. Unglücklich setzte sie den Becher ab, faltete die Hände und sandte ein Stoßgebet gen Himmel im Vertrauen darauf, dass der Allmächtige das Problem irgendwie lösen konnte. Er würde einen Ausweg wissen und ihr ein Zeichen schicken, was zu tun war – wie sonst auch immer. Seufzend sah sie auf die Uhr. Eigentlich war es nicht ihre Aufgabe, das Mittagessen vorzubereiten, aber sie machte aus Gefälligkeit oft eine Ausnahme. Nun war es bereits halb zwölf; Frau Hübner-Eberstein würde sich bald verabschieden und in ihrem hellblauen Smart Cabriolet nach Hause fahren.

Sie öffnete den Kühlschrank und warf einen Blick hinein. Die Auswahl war nicht gerade groß, stellte sie fest; ein paar Eier, Tomaten, etwas kaltes Huhn. In der Ecke stand ein Glas Mayonnaise. Sie nahm es heraus und schaute auf das Etikett. Das Haltbarkeitsdatum war längst abgelaufen. Angewidert warf sie das Glas in den Müll und setzte einen Topf Wasser auf, um ein paar Eier zu kochen, während draußen auf dem Flur die Haustür ins Schloss fiel. Frau Hübner-Eberstein war also gegangen, natürlich mal wieder, ohne sich von ihr zu verabschieden. Sie wandte ihre Gedanken wieder dem Mittagessen zu. Wenn die Mayonnaise noch gut gewesen wäre, hätte sie Russische Eier machen können, das aß die alte Frau Hübner besonders gern. Nachdenklich machte sie sich daran, die Tomaten zu waschen. Wie konnte man Frau Hübner davor bewahren, ihre geliebte Wohnung verlassen zu müssen?

Schwungvoll drückte Berta die Klinke hinunter und trat mit Mantel und Handtasche ins Wohnzimmer.

»Bis nächste Woche, Frau Hübner«, verabschiedete sie sich von der alten Dame, die mit einem Buch und einem Kissen im Rücken auf dem blumigen Sofa saß. »Der Tisch ist bereits gedeckt. Ich habe Eier gekocht, dazu gibt es Tomaten und Huhn.«

»Das ist aber nett von Ihnen, herzlichen Dank.« Freundlich lächelnd, aber mit verdächtig geröteten Augen ließ Frau Hübner den Roman auf ihren Schoß sinken. »Haben Sie mitbekommen, warum meine Tochter hier war?«

Berta nickte. »Es ... es tut mir sehr leid.«

»Das braucht es nicht. Ich habe das ja schon lange geahnt.« Frau Hübner seufzte.

Berta nagte unglücklich an ihrer Unterlippe. »Der Herrgott wird helfen.«

»Bestimmt! Und jetzt kommen Sie gut nach Hause.« Wie zart und zerbrechlich sie dort auf dem Sofa wirkte. Als könnte ein Windhauch sie umpusten. Berta hauchte ihr einen Abschiedskuss auf die runzlige Wange.

Immer noch erschüttert über Frau Hübner-Ebersteins Kaltblütigkeit trat sie auf die Straße. Ihre eigene Mutter gegen deren Willen ins Altenheim zu zwingen!

Im Paradies beim Herrgott und den Engeln wäre Frau Hübner viel besser aufgehoben. Aber wie sie da jetzt auf die Schnelle hinkommen konnte, wusste Gott allein.

Sie sah nach oben, hoch zum Allmächtigen, wo ein leichter Wind die Schäfchenwolken am Himmel über dem Metzgerfelsen auseinandertrieb. Dann machte sie sich auf den Weg nach Hause.

2

Praktischerweise wohnte Bertas Neffe mit ihr im Haus, direkt in der Wohnung unter ihr. Dass er noch dazu eine eigene Firma hatte, war ein weiterer Vorteil. Besonders seit die Blaubeurer Kanzlei zugemacht hatte, in der sie halbtags als Sekretärin beschäftigt gewesen war. In ihrem Alter war es nicht einfach, eine neue Anstellung zu finden. Nun tippte sie also Michaels Geschäftsbriefe und erledigte auch sonst alle möglichen Arbeiten für ihn, privater wie geschäftlicher Natur. Im Moment war sie in der Küche, um die Deutsche Dogge zu füttern, die sie zurzeit tagsüber hüteten.

Micha saß derweil gemütlich im Wohnzimmer, das gleichzeitig als Büro und Kundenempfangsraum fungierte, und las.

»Es gibt nichts, was es nicht gibt«, ließ er sich hinter seiner Zeitung vernehmen. »Jetzt machen sie in Amerika schon Geschäfte mit trauernden Hinterbliebenen. Da hört sich wirklich alles auf.« Geräuschvoll schnaubte er durch die Nase.

Neugierig steckte seine Tante den Kopf durch die Tür. »Was schreiben sie denn?«

Raschelnd legte er die Zeitung auf den Schreibtisch und strich sein dunkles Haar zurück, das ihm widerborstig in die Stirn gefallen war. »In den Staaten gibt es tatsächlich eine Firma, die Post ins Jenseits vermittelt. Gegen Bares, versteht sich.«

Berta schob sich zur Gänze in den Türrahmen. »Wie soll denn das funktionieren? Man kann doch keine Briefe in den Himmel schicken.«

»Das ist ja der Witz.« Er tippte sich an die Stirn. »Die verkaufen die armen Hinterbliebenen für blöd. Das Ganze funktioniert so: Dein Onkel Hans ist gestorben und du möchtest ihm noch etwas mitteilen. Also schreibst du eine kurze Nachricht an ihn, nicht mehr als zwei, drei Sätze, und übergibst den Brief diesen Leuten.« Er machte eine theatralische Pause. »Und jetzt kommt der Hammer! Mit dem Brief gehen die ins nächste Hospiz und fragen einen der Todkranken, ob er den Text der Mitteilung auswendig lernen könne. Wenn er dann oben im Himmel ist, soll er dort den Verstorbenen finden, an den der Brief gerichtet ist, und ihm die Nachricht übermitteln.«

»Gell, so was! Die Idee ist aber nicht schlecht, den Leuten eine Aufgabe fürs Jenseits zu geben.« Interessiert setzte sich Berta auf den Besuchersessel vor dem Schreibtisch. »Ich unterhalte mich oft mit den Senioren, wenn ich zum Vorlesen ins Altenheim gehe. Viele haben Angst, dass mit dem Tod alles vorbei sein könnte, dass sie in eine Art Dunkelheit fallen. Wenn sie aber wissen, dass sie einen Verstorbenen im Jenseits finden und eine Botschaft übermitteln sollen, gibt das ihrem Sterben neuen Sinn.«

»Neuen Sinn? Also wirklich, Tante Berta, du redest schon daher wie diese amerikanischen Jenseitspostvermittler. Das ist doch hahnebiecha, das glaubst du doch nicht selbst!« Ungnädig sah Micha zu ihr hinüber. »Das Ganze ist eine totale Abzocke der Hinterbliebenen. Als ob man Briefe ins Jenseits schicken könnte! Versprich mir bloß, dass du dich nach meinem Tod nicht auf diesen Blödsinn einlässt.« Damit griff er wieder zu seiner Zeitung und verschanzte sich grummelnd hinter dem Sportteil.

Berta begab sich zurück in die angrenzende Küche, wo es sich der Hund mittlerweile unter dem Tisch gemütlich gemacht hatte, und streifte ihre rosafarbenen Gummihandschuhe über. Zeit für den Abwasch. Für die zwei Teller lohnte es sich nicht, die Geschirrspülmaschine anzuschalten. Vorsichtig stapelte sie das Geschirr ins Waschbecken und ließ heißes Wasser dazulaufen. Meinungsverschiedenheiten mit Micha waren ihr vertraut. Eigentlich sahen sie die Dinge immer aus unterschiedlichen Blickwinkeln, aber das war gerade das Reizvolle an ihren Diskussionen.

Sie liebte ihren Neffen von ganzem Herzen und hatte ihn großgezogen, nachdem seine Mutter so überraschend ums Leben gekommen war. Ihre kleine Schwester war schon immer ein sorgloses Geschöpf gewesen. Sorglos hatte sie mit sechzehn die Schule an den Nagel gehängt und sich ebenso sorglos in die Arme eines verheirateten Heroldstatters geworfen. Neun Monate später war sie kurz nach der Geburt des Babys sorglos bei Rot über die Straße gegangen, wo ein Bus sie prompt totgefahren hatte. Knapp über dreißig Jahre war das jetzt her.

Der Junge ähnelte seiner Mutter sehr, besonders was die abgebrochene Ausbildung betraf. Nun schien sich aber alles zum Guten zu wenden, denn er hatte sich selbstständig gemacht und *Rundum Sorglos* gegründet. Der Name erinnerte sie jeden Tag aufs Neue an ihre Schwester, die jetzt sicher als rotbackiger Engel unbekümmert über den Wolken flatterte.

Rundum Sorglos war nichts anderes als ein Unternehmen, das seinen Kunden unliebsame Arbeiten abnahm. Dabei war ihr Neffe nicht gerade wählerisch und akzeptierte fast jeden Job, der ihm zugetragen wurde. Hundeausführen, Sekretariatsaufgaben, Putzaufträge – immer häufiger überwachte er sogar fremdgehende Ehemänner. Es gab nichts, wovor er zurückschreckte. Wobei Micha sich die Bonbons heraussuchte und ihr selbst gnädig die typisch weiblichen Arbeiten wie Putzen und Briefetippen überließ.

»Trotzdem muss ich es wirklich mal laut sagen«, erklärte Berta einem verschmutzten Teller, den sie ausgiebig mit dem Schwamm bearbeitete. »Seit Micha diese Firma hat, ist in meinem Leben richtig was los.«

3

Er war gerade dabei, den Sportteil der Zeitung zu studieren, da klingelte die Türglocke. Jetzt, in der Mittagszeit? Ob das etwa ein Kunde war? Blitzschnell schaltete Michael Meier den Computer ein, ließ die Zeitung verschwinden und rückte die Krawatte zurecht. Wer auch immer jetzt unangemeldet in sein Büro schneite, brauchte nicht zu merken, dass die Geschäfte etwas schleppend liefen.

Per Knopfdruck öffnete er die Eingangstür unten im Haus und wartete. Die junge Frau, die ihm zwei Minuten später gegenüberstand, sah mit ihrer sandfarbenen Haarmähne und der knackigen Figur zum Anbeißen aus – und kam ihm merkwürdig vertraut vor. Während er sein bestes Willkommenslächeln aufsetzte, runzelte er im Geiste die Stirn. Wo zum Teufel war er ihr schon mal über den Weg gelaufen?

»Sabine Eberstein«, stellte sie sich vor und streckte ihm die Hand hin. »Ihre Tante ist die Haushälterin meiner Großmutter, Frau Hübner. Deshalb kam ich auf die Idee, mich an Sie zu wenden.«

»Natürlich«, lachte Micha und bot ihr einen Platz auf dem Besuchersessel an. Hübner'sche Familienähnlichkeit! »Jetzt weiß ich, wo ich Sie hinstecken soll.«

Aus den Augenwinkeln heraus sah er, wie seine Tante ihm durch die halbgeöffnete Küchentür verschiedene Zeichen machte, die anscheinend bedeuten sollten, dass sie nicht da sei. Jedenfalls sollte diese Sabine Eberstein das denken.

Typisch Tante Berta, hinter der Tür zu lauschen. Ihm würde so etwas nie einfallen. Frauen waren eben ein ewiges Rätsel. Er wandte sich wieder seiner Besucherin zu. Echt hübsch, das Mädle, mit ihren perlweißen Zähnen und dem Hauch von Sommersprossen.

Nach kurzem Smalltalk kam Sabine Eberstein auf ihr Anliegen zu sprechen. »Ich bin nicht sicher, ob Sie Aufträge dieser Art annehmen«, begann sie und rutschte auf ihrem Stuhl herum. »Es handelt sich um etwas ziemlich Ungewöhnliches.«

Sofort war seine Neugierde geweckt. »Worum geht es?«

»Nun«, holte sie aus und schlang ihre langen Finger ineinander. »Haben Sie schon einmal von Gottfried Erbele und Mandy Lovejoy gehört?«

Micha nickte. Er hatte, und nicht nur gehört. Mandy Lovejoy war mit Tante Berta und ihm bestens befreundet, seit sie vor Jahren zusammen im selben Mietshaus gewohnt hatten. Das war natürlich, bevor Mandy Karriere als Supermodel gemacht und den schwerreichen Rockstar David Lovejoy barfuß in einer balinesischen Strandzeremonie geheiratet hatte. Früher hatte sie schlicht und einfach Amanda Seiler geheißen, aber zu dem neuen amerikanischen Nachnamen passe Mandy besser, hatte sie damals verkündet – viel internationaler.

Seit einiger Zeit hatte Mandy, deren Mann Jahre später auf Tour in den Staaten an einer Überdosis Rauschgift gestorben war, eine neue große Liebe: Gottfried Erbele, den Blaubeurer Textilkönig, der Edelboutiquen weltweit mit sündhaft teuren Schickimicki-Trachten und Landhausmode belieferte. Samt und sonders in Thailand gefertigt, wahrscheinlich. Wenn er sich nicht sehr täuschte, war Erbele mit Abstand der reichste Mann der Gegend und das, was Micha einen Schbruchbeidl nannte. Angeber wie ihn konnte er auf den Tod nicht leiden.

»Ja, ich kenne sie«, sagte er. »Was hat Ihr Auftrag mit den beiden zu tun?«

Sabine Eberstein fingerte am Reißverschluss ihrer Handtasche. »Wie Sie vielleicht wissen, sind Frau Lovejoy und Herr Erbele miteinander verlobt. Um genau zu sein, wollen sie in zwei Wochen heiraten.«

Aha, dachte Micha und lehnte sich in seinem Chefsessel zurück. Sie wollte, dass er ihr eine Einladung zur Hochzeit beschaffte. Kein Wunder. Das Ganze würde die Party des Jahres, munkelte man im Ort. Erbele hatte für mehrere Tage das schickste Hotel im ganzen Ländle reserviert und scheute keine Kosten, um seiner Braut die Märchenhochzeit ihrer Träume zu bieten.

Sabine Eberstein holte tief Luft. »Ich möchte, dass Sie die Eheschließung verhindern.«

Michas Kinnlade klappte herunter. »Verhindern? Wie soll ich das machen?«

Hinter der halbgeöffneten Tür setzte Tante Berta zu neuen, obskuren Zeichen in seine Richtung an.

Sabine Eberstein, die plötzlich gar nicht mehr nervös wirkte, lächelte ihm aufmunternd zu. »Ihnen fällt bestimmt etwas ein, was man da machen könnte. Sehen Sie es mal so: Die beiden sind nicht füreinander geschaffen, sie würden sowieso nicht glücklich miteinander werden.« Sie legte sechs 500-Euro-Scheine vor ihn auf den Tisch. »Wenn Sie den Auftrag annehmen, bekommen Sie drei davon jetzt und die anderen, wenn die Sache geklappt hat.«

Micha sank immer tiefer in seinen Sessel. Er ging durch eine Gewissenskrise. Gerade gestern hatte Mandy ihm begeistert gestanden, dass Gottfried ein wunderbarer Mann sei und sie es nicht erwarten könne, mit ihm vor den Altar zu treten. Außerdem war sie eine Freundin, der fiel man nicht in den Rücken. Er runzelte die Stirn. Andererseits war dieser Typ ein ekelhafter Angeber und Frauenheld. Jede Wette, dass er nebenher noch andere Liebschaften hatte – bereits jetzt, vor der Hochzeit.

Unfähig, sich zu entscheiden, trommelte er mit den Fingern auf die Schreibtischkante. Die Faust seiner Tante, die mit unmissverständlich erhobenem Daumen aus der Küchentür ragte und ihm ein deutliches »Sag JA!« signalisierte, gab schließlich den entscheidenden Ausschlag.

»Deal?«, fragte Sabine Eberstein.

»Deal«, antwortete der Besitzer von *Rundum Sorglos* und steckte die Geldscheine in die Tasche, bevor sie es sich anders überlegen konnte. »Verlassen Sie sich ganz auf mich.«

»Du hast mich mit deinem Gefuchtel ganz nervös gemacht«, moserte Micha und schenkte sich ein Bier ein. »Warum bist du nicht aus der Küche gekommen und hast sie begrüßt?«

»Weil ich nicht wollte, dass sie mich sieht. In meiner Nähe hätte sie sich anders verhalten.«

Micha zog die Augenbrauen in die Höhe. »Wie kommst du darauf? Du kennst sie doch kaum.«

Seine Tante ließ sich nicht aus der Fassung bringen. »Weibliche Intuition«, erwiderte sie knapp und nahm ein goldgelbes Käsfüßle aus der Gebäckschale, die vor ihr auf dem Tisch stand. »Davon verstehst du nichts.«

»Sagt dir deine weibliche Intuition auch, warum diese Sabine Eberstein unbedingt will, dass die Hochzeit nicht zustande kommt? Da muss doch was dahinterstecken.«

Berta zuckte die Schultern. »Wahrscheinlich will sie ihn selbst angeln.«

»Wen? Gottfried Erbele?« Ungläubig zog Micha die Augenbrauen zusammen.

»Warum sollte sie sonst dahinter her sein, dass er Mandy nicht heiratet? Schließlich ist er der reichste Mann weit und breit, mit all seinen Sportwagen und dieser bombastischen Villa. Mit einem Großkotz wie dem wird Mandy bestimmt nicht lange glücklich, da hat Sabine Eberstein sicherlich recht. Mandy hat etwas Besseres verdient. Ich hätte nichts dagegen, wenn die Hochzeit nicht zustande käme.« Sie lächelte Micha zuckersüß an. »Jetzt müssen wir nur noch darüber nachdenken, wie wir das am besten bewerkstelligen.«

Micha setzte sich ergeben mit seinem Bier aufs Sofa und machte sich auf einen langen Nachmittag gefasst. Wie er seine Tante kannte, würde sie erst dann Ruhe geben, wenn sie einen detaillierten Schlachtplan ausgeklügelt hatten.

Als sie eine Stunde später in ihre Wohnung nach oben ging, war er überrascht, dass es diesmal so schnell gegangen war.

4

»Sie haben eine ausgezeichnete Wahl getroffen«, flötete Lisa Schmid und schenkte ihrem Kunden einen wohleinstudierten Augenaufschlag, der sich über die Jahre hinweg immer wieder bewährt hatte. »Dieser Schliff, das aufregende Funkeln des Diamanten!« Seufzend drehte sie den Ring zwischen ihren Fingern. »Sehen Sie nur, es ist, als sprühten im Licht lauter feine Goldsternchen um ihn herum.« Vorsichtig steckte sie den Mehrkaräter in die Halterung der mit Seide ausgepolsterten Geschenkbox. »Es soll wohl ein Verlobungsgeschenk sein?«

Der junge Mann strahlte sie an. »Ja, heute Abend will ich meine Freundin fragen. Ich bin schon ganz aufgeregt. Gar nicht einfach zu entscheiden, wie und wo ich es machen soll.« Man sah seinen aufgeregt glühenden Backen an, dass er vor Begeisterung über seinen Plan für den Abend schier platzte. »Interessiert Sie das überhaupt?«

Lisa nickte so interessiert wie möglich. Schließlich konnte sie einem Kunden, der im Begriff war, Tausende für diesen Klunker auf den Tisch zu legen, schlecht sagen, wie sehr ihr das Thema zum Hals heraushing. Sie lächelte. »Sehr sogar. Verlobungen sind so herrlich romantisch.«

Ihr Kunde war ganz ihrer Meinung. Romantisch, genau so hätte er es haben wollen, sei aber durch die vielen Möglichkeiten noch immer ganz verwirrt. Zuerst habe ihm vorgeschwebt, seine Freundin abends zu sich einzuladen. Dort hätte sie dann die Wohnung in Dunkelheit getaucht gefunden, lediglich erhellt von einem Weg aus Kerzen, der geradewegs zu ihm und dem Verlobungsring führte.

Ins Schlafzimmer, wahrscheinlich. Lisa fragte sich, ob sie diese Masche auch in ihrem eigenen Liebesleben verwenden könnte.

»Leider bin ich dann doch wieder davon abgekommen, wegen der Feuergefahr. Meine Freundin ist nämlich ein wenig ängstlich.«

»Und wie machen Sie es jetzt?«

Er lächelte in seliger Vorfreude. »Wir gehen essen, in ein richtig romantisches Restaurant. Wenn dann der

Kellner mit dem Nachtischtrolley vorfährt, kommt's: Auf dem Rand ihres Desserttellers steht *Willst du mich heiraten?* Mit Schokoladensauce geschrieben, und in der Tellermitte steht dann diese hübsche Geschenkbox mit dem Ring.«

Vorsichtig nahm Lisa die Box hoch und warf einen letzten neidischen Blick auf den funkensprühenden Inhalt, bevor sie sie zuschnappen ließ.

»Was für ein Glück, dass die Box hellblau ist.« Sie hielt ihm die Schachtel hin. »Genau wie bei Tiffany's.«

Als sie eine halbe Stunde später durch die goldverzierte Glastür von Juwelier Stempfle ins Freie trat, atmete sie tief durch. Der Job machte ihr Spaß, keine Frage. Welches Mädchen wäre nicht gerne tagein, tagaus von Juwelen umgeben? Herr Stempfle, ihr Boss, lieh ihr sogar ab und zu das eine oder andere Schmuckstück, wenn sie ausgehen wollte. Sehr anständig von ihm und bestimmt nicht gemäß der Versicherungsbestimmungen. Die Sache war nur, dass es sie allmählich deprimierte, diese fetten Verlobungsringe zu verkaufen, die all die verliebten Gockel scharenweise bei Stempfle erstanden. Von Zeit zu Zeit brachten sie ihre Braut gleich mit, um zu sehen, welchen Ring sie besonders mochte.

Kaum zu glauben, wie unansehnlich manche dieser Frauen waren. Lisa hatte nicht die leiseste Ahnung, wie diese teigigen, langweiligen Schnepfen es geschafft hatten, sich einen Mann an Land zu ziehen, und sie selbst nicht, trotz ihrer atemberaubenden Figur, der sündhaft teuren Dauerwelle und der seidigen Unterwäsche von Victoria's Secret.

»Wahrscheinlich sind sie einfach so klug gewesen, sich an Männer zu halten, die noch zu haben sind«, murmelte Lisa in sich hinein und gestand sich zum tausendsten Mal, dass ihre langjährige Affäre mit Ludwig

Eberstein vollkommen hirnrissig war. Ein Verhältnis mit einem verheirateten Mann, der sich nicht entscheiden konnte, trug nichts zu ihrer Hoffnung bei, irgendwann einmal im Hafen der Ehe zu landen – ein Traum, den sie durchaus noch nicht aufgegeben hatte. Besonders jetzt nicht, da sie geradewegs auf die magische Dreißig zusteuerte.

In dieser Situation war der stinkreiche Gottfried Erbele natürlich gerade recht gekommen, als er eines Nachmittags nach einem ausgiebigen Blick durch die Fensterscheibe leicht angesäuselt im Juweliergeschäft aufgekreuzt war, um eine Kette für »einen Engel« zu kaufen. Nach einem langen, verschwommenen Blick in ihre Augen, bei dem sie schon gedacht hatte, er fühle sich vielleicht nicht wohl, hatte er gesagt: »Blau. Mein Engel hat blaue Augen, ich brauche eine Kette mit Saphiren.«

Im Wissen, dass dieser Kunde geradezu im Geld schwamm, hatte Lisa ihm natürlich gleich mal das teuerste, üppig mit Perlen, Saphiren und Diamanten besetzte Modell gezeigt.

»Warum ziehen Sie die Kette nicht an, damit ich sehe, wie mein Engel damit aussieht«, hatte Erbele sie gebeten.

Und das war's dann gewesen, eine richtige Cinderella-Story. Er hatte das teure Stück tatsächlich für sie gekauft, aber auf Lieferung zu ihm nach Hause bestanden, mit ihr persönlich als engelhafter Botin, verstand sich. Da hatte sie ihn dann noch am selben Abend aufgesucht, mit der Wahnsinnskette um den Hals, und herausgefunden, dass auch er auf Victoria's Secret stand, und dass es von ihm noch viele glitzernde Saphirketten geben würde, wenn sie ein bisschen nett zu ihm war. Was ihr nicht gerade schwer gefallen war. Gottfried Erbele verstand mehr von Frauen als zehn Ludwig Ebersteins zusammen. In seinem Bett fühlte sie sich tatsächlich wie ein Engel, sein persönlicher Engel der Lust, der gemeinsam mit ihm hoch oben im Himmel der Glückseligkeit schwebte und sich auf Erden mit schicken Kleidern und Schmuckstücken zieren durfte, die er ihr immer wieder schenkte.

Dass ihr himmelhochjauchzendes Engeldasein einmal in einer Bruchlandung enden könnte, war ihr erst in den Sinn gekommen, als er bei seinem vorletzten Besuch bei Juwelier Stempfle diesen pompösen Verlobungsring mit einem herzförmigen rosa Diamanten erstanden hatte – für seine süße Braut, wie er laut verkündete. Einen winzigen Moment lang hatte sie gedacht, er meine sie, und ihr Herz hatte vor Aufregung einen kleinen Sprung gemacht. Aber dann hatte er den Namen der Glücklichen preisgegeben: Mandy Lovejoy.

Lisa zog die Augenbrauen zusammen. Was hätte sie da schon machen sollen als gute Miene zum schlechten Spiel? Mandy Lovejoy, das ehemalige Supermodel, das einfach nicht zu altern schien – eine bessere Trophäe hätte er sich nicht an seinen Arm hängen können. Mit so einer kam eine kleine Juwelierverkäuferin natürlich nicht mit.

Zielstrebig überquerte Lisa die Straße und steuerte auf eine exklusive Wäscheboutique zu. Heute Abend wollte Gottfried noch einmal Besuch von seinem Engel bekommen, hatte er ihr ins Ohr geraunt, zum allerletzten Mal. Es warte eine kleine Überraschung auf sie.

Sie lächelte. Ob er die entzückenden Ohrstecker meinte, die Juwelier Stempfle neulich in seinem Auftrag kreiert hatte?

Leise »I wanna be loved by you …" vor sich hinsummend, drückte Lisa die Türklinke hinunter und betrat die berauschende Welt seidiger Dessous und schimmernder Negligés, die selbst die Reize der verführerischsten Trägerin noch um einiges erhöhten.

»Ich werde mein Möglichstes tun, um dir den Abschied von deinem Engel so schwer wie möglich zu machen, Gottfried-Darling«, murmelte sie und strich zärtlich über einen Büstenhalter aus goldfarbener Seide. »Vielleicht steckst du zum Schluss doch mir den Ring an den Finger.«

5

Der große Augenblick war gekommen. Vorsichtig legte der Herr im dunklen Anzug die Aktentasche auf den Tisch und drehte an der Zahlenkombination. Mit leisem Klicken schnappte das Schloss auf, dann hob der Besucher aus Antwerpen den Kofferdeckel. Gottfried Erbele und Juwelier Stempfle hielten den Atem an. Vor ihnen lag der größte Diamant, den sie je gesehen hatten.

»The Snow Princess«, stellte der Diamantenhändler das Prachtstück feierlich vor. »Oder wie Sie in Deutschland sagen würden: die Schneeprinzessin.«

»Eine Schönheit«, murmelte Juwelier Stempfle, der vor Aufregung ganz bleich geworden war. »Eine absolute Schönheit.«

Erbele trat vorsichtig an den Koffer heran und begutachtete die Schneeprinzessin aus der Nähe. Ein zufriedenes Lächeln umspielte seine Mundwinkel. Das ideale Hochzeitsgeschenk, diese kleine Prinzessin. Der Name passte zu ihr, zu ihrer schneeweißen Kälte mit dem unglaublichen Funkeln, das vor seinen Augen tanzte wie glitzernde Schneeflocken im Wind.

»Haben Sie die Papiere mitgebracht, Herr van Kleef?«, wandte er sich an den Händler und zog fragend die Augenbrauen hoch.

Van Kleef nickte und legte mehrere Schriftstücke auf den Tisch, die Erbele sofort zur weiteren Prüfung an den Juwelier weiterreichte.

»Die Snow Princess ist ein lupenreiner Diamant«, erläuterte der Händler. »Die Qualität des Schliffs ist sehr gut, eine perfekte Tropfenform. Seine Farbe ist ein klares, hochfeines Weiß, wie sein Name schon verrät.«

»Wie viel Karat?«

»Er wiegt 69,42 Karat. Der Rohdiamant, aus dem er geschliffen wurde, wog etwas über 160 Karat.« Van Kleef machte eine kleine Pause. »Selbstverständlich kommt der Stein nicht aus einem Konfliktland oder von irgendwo, wo Diamanten mit Hilfe von Kinderarbeit geschürft werden.«

»Die Papiere scheinen einwandfrei in Ordnung«, meldete sich Juwelier Stempfle zu Wort. »Wenn ich den Stein jetzt noch näher betrachten dürfte.«

Während der Juwelier die Schneeprinzessin im Nebenraum genauestens untersuchte, nahmen die beiden anderen Herren Platz und tranken Tee.

»Den Champagner sparen wir uns für nachher auf«, scherzte Gottfried Erbele und setzte die Tasse ab. »Haben Sie auch die versprochene Kopie dabei?«

Van Kleef nickte, stand auf und kehrte kurz danach mit einer postkartengroßen Box zurück. Erbele sah ihn fragend an, nachdem der Belgier die Schachtel vor ihn auf den Tisch gestellt hatte. »Darf ich?«

»Natürlich«, antwortete van Kleef und beobachtete lächelnd die Reaktion seines Kunden, als er den Deckel der Box abnahm.

»Aber das ist doch ...«, stammelte Erbele.

»... eine exakte Kopie der Schneeprinzessin«, erklärte der Diamantenhändler. »Natürlich hat dieses Stück nur einen Bruchteil des Werts der echten Snow Princess und auch nicht ihr einzigartig weißes Feuer. Aber mit bloßem Auge kann kein Mensch diese Kopie vom Original unterscheiden.« Er trank einen Schluck Tee.

»Auf Ihren Wunsch haben wir beide Prinzessinnen identisch als Anhänger für eine Kette gefasst.«

Erbele nahm die falsche Schneeprinzessin aus der Schachtel und betrachtete sie von allen Seiten. »Unglaublich! Wenn ich nicht genau wüsste, dass Herr Stempfle den echten Diamanten ins Nebenzimmer mitgenommen hat, würde ich schwören, dass dieser hier der richtige ist.«

»So kann man sich täuschen«, schmunzelte van Kleef. »Passen Sie auf, dass Sie die beiden nicht verwechseln.«

Durch die Tür in der Wandvertäfelung, die die Garage mit dem Haus verband, betrat Gottfried Erbele seine imposante, mit italienischem Marmor ausgelegte Eingangshalle, in deren Kuppel ein gigantischer Kristalllüster schwebte. Schnellen Schrittes durchquerte er die weit geöffnete Flügeltür zum geräumigen Wohnzimmer, stellte den Aktenkoffer neben den Couchtisch und ging zur Bar, um sich einen Whisky einzuschenken. Den hatte er sich verdient, nach dem irrsinnigen Vermögen, das er gerade ausgegeben hatte.

Das Glas in der Hand, schlenderte er zum Sofa und ließ sich hineinfallen. Irre, einfach irre! Genau so musste sich Richard Burton gefühlt haben, als er diesen Riesenbrilli für Liz Taylor kaufte. Ein Wahnsinnsgefühl, besser als Sex!

Er trank einen Schluck Whisky, warf einen nervösen Blick um sich und stand wieder auf, um die Vorhänge vorzuziehen. Wer wusste schon, ob da draußen nicht jemand herumschlich. Es brauchte nicht die ganze Welt mitzukriegen, dass er einen Millionen-Klunker im Haus hatte.

Nachdem er sich vergewissert hatte, dass man durch keinen Spalt mehr hereingucken konnte, kehrte er beruhigt zum Sofa zurück. Er gönnte sich einen weiteren Schluck und öffnete in aller Ruhe den Aktenkoffer. Ein warmes Lächeln umspielte seine Lippen, als der Diamant eisklar und Funken sprühend vor ihm lag. Vorsichtig nahm er das Prachtstück in die Hand.

Kühl und dennoch feurig fühlte sie sich an, diese kleine Prinzessin. Feurig, wie er seine Frauen liebte, seine temperamentvollen, glutäugigen Unschuldsengel. Er schloss die Finger um den Stein, der sich wunderbar angenehm in seine Handfläche schmiegte – ein Handschmeichler erster Güte, unglaublich beruhigend. Eigentlich war die Prinzessin fast zu schade, sie einer Frau um den Hals zu hängen. In seiner Jackentasche, wo er sie jederzeit mit den Fingern liebkosen konnte, wäre sie weit besser aufgehoben. Gottfried legte die Füße auf den Couchtisch und ließ seinen Kopf nach hinten auf das Sofa sinken. Er würde die falsche Prinzessin als Talisman mit sich herumtragen, beschloss er und amüsierte sich bei der Vorstellung, ein solches Spielzeug in der Tasche zu haben. Seiner Braut würde er das Original zur Hochzeit schenken.

Er lächelte. Nachdem dieses Problem geklärt war, musste er nur noch ein Versteck für die richtige Schneeprinzessin finden, wo sie bis zur Hochzeit bleiben konnte. Eine so schöne junge Dame konnte man schließlich nicht in einen Safe sperren. Sein Blick streifte durchs Zimmer, dann durch die geöffnete Flügeltür hinaus in die majestätische Eingangshalle und von dort auf die Galerie, wo sich sein Schlafzimmer befand.

»Wahnsinn«, murmelte er, als sein Blick auf das Versteck des Jahrhunderts fiel. Ein besseres Zuhause für den Diamanten konnte man gar nicht finden! Begierig, die funkelnde Pracht der Schneeprinzessin ein weiteres Mal zu genießen, hielt er das perfekt geformte Schmuckstück gegen das von nebenan einfallende Licht des Kronleuchters. Sanfte Schauer der Erregung liefen sein Rückgrat hinunter. Geblendet vom Glitzern der Prinzessin schloss er die Augen. Sie würde genau dorthin gehen, wo sie hingehörte, und wo nichts und niemand auf der Welt sie vermuten würde. Das perfekte Versteck!

Dann erhob er sich, um die Leiter aus der Garage zu holen.

6

Schon von Weitem fiel es Lisa auf, dass im Untergeschoss der Villa alle Vorhänge zugezogen waren. Ein paar vorwitzige Lichtstrahlen drangen durch die schwere Seide vor den Flügeltüren und Fenstern, Gottfried musste also zu Hause sein. Hatte er etwa Besuch von einer anderen? Ein leiser Anflug von Eifersucht kroch in ihr hoch. Normalerweise schloss er die Vorhänge nur, wenn er mit ihr nackt im Wohnzimmer kuschelte, auf dem Fell vor dem Kamin. Er war sehr darauf bedacht, dass die Nachbarschaft keinen Einblick in sein ausschweifendes Liebesleben erhielt, besonders jetzt nicht, nachdem er verlobt war.

Lisa kramte ihren Schlüssel aus der Handtasche und steckte ihn leise ins Schloss. Wehe, sie erwischte ihn in flagranti mit irgendeiner Tussi, zischte sie Gottfried schon einmal vorsorglich im Geiste an. Mandy Lovejoy, die glückliche Braut, lag mit Husten zu Hause im Bett, hatte er ihr erzählt, die konnte also nicht der Grund für die geschlossenen Vorhänge sein.

Leise trat sie in den Vorflur und warf einen kurzen Blick auf ihre Armbanduhr. Halb acht, etwas früher, als sie verabredet hatten. Er rechnete noch nicht mit ihrer Ankunft. Aus den Augenwinkeln war ihr, als habe sie in einer Ecke der Halle eine Bewegung gesehen. Vorsichtig trat sie näher und sah gerade noch, wie Gottfried eine ziemlich große Leiter durch die Verbindungstür in die Garage schleifte.

Merkwürdig. War Gottfried, der in seinem Leben noch keine Glühbirne selbst eingeschraubt hatte, plötzlich unter die Heimwerker gegangen? Der Sache musste man auf den Grund gehen. Dazu würde sie ihren Schlüssel zur Villa noch ein Weilchen behalten müssen.

Genauso unbemerkt, wie sie hereingekommen war, schlich sie wieder aus dem Haus, zog geräuschlos die Tür hinter sich ins Schloss und drückte dann auf die Haustürklingel, als wäre sie gerade eben erst die Auffahrt hochspaziert.

Von drinnen wehte das melodische Ding-Dong der Glocke zu ihr hinaus. Einen Moment später stand Gottfried Erbele entspannt im Türrahmen, als hätte er bloß auf ihr Kommen gewartet. Nur der Hauch einer Spinnwebe auf seiner linken Schulter verriet, dass er sich überhaupt jemals in den dunklen Ecken seiner Garage zu schaffen gemacht hatte.

7

»Himmel«, stöhnte Micha Meier nach einem Blick auf die Uhr. »Es ist Viertel vor sieben!« Eilig erhob er sich aus dem Sessel und wäre fast über die Deutsche Dogge gestolpert, die es sich zu seinen Füßen bequem gemacht hatte. »Und Sir James liegt auch noch hier herum.«

In seiner Not griff er zu dem Mittel, das er der Einfachheit halber auch sonst gern benutzte. Er rief seine Tante, um den Schlamassel auszubaden.

Berta hob genervt die Augenbrauen. Nach ausgiebigem Briefetippen für *Rundum Sorglos* war sie nun auf dem Sprung zu ihrer abendlichen Putzstelle bei Dr. Eberstein, dessen Praxis sie mehrmals wöchentlich sauber machte. Um als Notnagel für ihren Neffen zu fungieren, war jetzt eigentlich keine Zeit.

»Wo ist denn der Chauffeur, der Sir James sonst immer abholt?«, fragte sie Micha, der in sein Schlafzimmer gestürzt war und alle Schränke und Schubladen aufriss, um ein frisches Hemd für sein Rendezvous mit der molligen Blondine zu suchen, der er momentan hinterherstieg. »Oder kommt er heute später?«

»Er ist ein, zwei Tage nicht da«, antwortete Micha aus den Tiefen seines Kleiderschranks heraus. »Seine Schwester heiratet, glaube ich, deshalb habe ich Mandy versprochen, dass wir den Hund zu ihr nach Hause bringen.« Mit Riesenschritten hastete er ins Wohnzimmer zurück, wobei er versuchte, die Schuhe zu finden, das Hemd zuzuknöpfen und gleichzeitig seine Tante mit einem charmanten Lächeln positiv zu stimmen. »Könntest du mir einen Gefallen tun und mit Sir James bei Mandy vorbeigehen? Ihr Haus liegt doch sozusagen auf dem Weg zu Dr. Eberstein, es ist wirklich nur ein klitzekleiner Umweg für dich.« Er schmatzte ihr einen Kuss auf die Wange. »Tu's für mich, Danda. Dafür deck ich morgen auch den Frühstückstisch.«

Berta verdrehte die Augen zur Zimmerdecke. Dann holte sie die Hundeleine.

»Von wegen klitzekleiner Umweg«, brummelte Berta in sich hinein. Mittlerweile waren Sir James und sie fast eine halbe Stunde lang unterwegs, aber Mandy Lovejoys Haus war noch immer nicht in Sicht. Der Hund fand an jedem Busch etwas zu schnuppern und war partout nicht von der Stelle zu bewegen, bevor er nicht in aller Seelenruhe ausgeschnüffelt und dann ein kleines Bächlein als Markierung hinterlassen hatte. Wenn das so weiterging, würde sie nie bei ihrer Putzstelle ankommen. Mit zusammengekniffenen Lippen sah sie auf die Dogge, die gerade in aller Seelenruhe einen Baumstamm unter die Lupe nahm.

Sir James war etwas eigen, wie Mandy das gerne nannte. Es brachte absolut nichts, an seiner Leine zu ziehen. Das Tier war so groß wie ein Kalb und würde sich genau dann weiterbewegen, wenn es das wollte. Resigniert blickte Berta in die Runde und merkte erst jetzt, dass sie sich direkt gegenüber der Villa von Gottfried Erbele befand. Das Haus war ein Traum von Statussymbol für den Mann mit Geld: ein Sportwagen in der Auffahrt, riesige Terrasse, Pool. Schicker wohnten sie in Hollywood garantiert auch nicht. Mandy hatte ihr erzählt, dass die fünf Schlafzimmer jeweils ein eigenes Badezimmer mit Whirlpool hatten. Berta rümpfte die Nase. Ganz schön viel Arbeit, so viele Badezimmer sauber zu halten. Gut, dass dieser Klotz von Haus nicht ihr gehörte.

Das Klackern hoher Absätze auf der anderen Straßenseite riss sie aus ihren Überlegungen. Eine ihr wohlbekannte junge Frau öffnete gegenüber das Gartentor und steuerte geradewegs auf Gottfried Erbeles Haustür zu. Blitzschnell ging Berta hinter dem Baumstamm in Deckung und dankte Sir James zum ersten Mal an diesem Tag für sein dämliches Geschnüffle. Nur dumm, dass sie keine Kamera bei sich trug. Es konnte gut sein, dass dieser kleine Zufall Micha und ihr aufs Wunderbarste in die Hände spielte.

Lisa Schmid, die dort drüben vor der Haustür gerade einen Schlüssel aus ihrer Handtasche kramte, war kein Kind von Traurigkeit. Wenn die hier aufgetakelt wie eine Königin vor Gottfried Erbeles Nobelhütte erschien und auch noch einen Schlüssel hatte, der ins Schloss passte, dann hatte *Rundum Sorglos* schon nach einem Tag den Beweis in der Hand, dass der Mann ein handfestes Techtelmechtel mit dem Mädchen hatte – hinter dem Rücken seiner Verlobten. Mandy würde ihn sofort rauswerfen, sollte sie das erfahren. Berta lächelte. Damit wäre die Hochzeit geplatzt und Sabine Ebersteins Auftrag erfüllt. So gesehen klang alles ganz einfach, aber meistens ging das Leben kompliziertere Wege.

Für alle Fälle kramte sie ihre Fernbrille aus der Tasche, um wirklich alles mitzukriegen, was sich dort drüben abspielte. Fast hätte sie das Beste verpasst, aber wie immer war das Glück auf ihrer Seite, sodass sie gerade noch mitbekam, wie Lisa den Schlüssel ins Schloss steckte und die Haustür öffnete. Berta frohlockte! Das Mädchen ging also bei dem feinen Herrn Erbele ein und aus. Viel mehr brauchten sie nicht, um die Hochzeit platzen zu lassen. Mandy Lovejoy war eine erklärte Verfechterin altmodischer Werte wie Treue und Aufrichtigkeit. Einen Bräutigam, der fremdging, würde sie hochkant abservieren.

Nanu? Statt stilettoklappernd ins Haus zu gehen und die Tür hinter sich zuzuziehen, schlich die junge Frau auf Zehenspitzen in den Hauseingang wie ein Einbrecher. Angestrengt rückte Berta ihre Brille zurecht. Diese Lisa führte mit Sicherheit etwas im Schilde. Jetzt kam sie wieder heraus, zog vorsichtig die Tür hinter sich zu und drückte auf den Klingelknopf, als hätte sie keinen Schlüssel dabei. Sehr merkwürdig!

Es dauerte höchstens eine Minute, bis Erbele öffnete und die beiden nach innen verschwanden. Lautlos schloss sich die Haustür hinter ihnen.

Im selben Moment war auch Sir James bereit zum Weiterspazieren. Er zog Berta zum nächsten Busch, während sie die eben beobachtete Szene noch einmal vor ihrem geistigen Auge Revue passieren ließ. Wieso drückte Lisa auf die Klingel, wenn sie einen Schlüssel in der Tasche hatte? Berta runzelte die Stirn. Eigentlich konnte das nur bedeuten, dass Gottfried Erbele nicht wissen sollte, dass sie einen Schlüssel zu seinem Haus besaß. Vielleicht hatte sie den heimlich nachmachen lassen. Andererseits ... Nachdenklich legte Berta den Kopf zur Seite. Ein Haus wie dieses hatte bestimmt hochwertige Sicherheitsschlösser, die nicht einfach bei jedem Schlüsseldienst kopiert werden konnten. Es lag also näher, dass Erbele ihr den Schlüssel selbst gegeben hatte.

In diesem Fall, entschied Berta feierlich, sollte er nicht merken, dass sie den Schlüssel dabei hatte. Fragte sich nur, warum. In aller Ruhe verstaute sie ihre Brille wieder in der Handtasche.

8

»Ich werde dich vermissen, Gottfried-Darling«, seufzte Lisa in ihrer besten Schlafzimmerstimme und schmiegte sich enger an die behaarte Brust ihres Liebhabers. »An deinem Hochzeitstag werde ich mich hemmungslos betrinken«, fuhr sie kleinmädchenhaft schmollend fort. »Vergiss nicht, mir vorher eine Kiste Champagner zu schicken.«

Gottfried Erbele grinste und hauchte einen flüchtigen Kuss auf ihr seidiges, leicht zerzaustes Haar. »Dein Wunsch ist mir Befehl, Schätzle. Darf's sonst noch etwas sein?«

Lisa drehte sich leicht zur Seite und angelte ein leeres Champagnerglas von dem Silbertablett auf dem Nachttisch. »Lass uns auf unseren letzten Abend miteinander anstoßen.« Sie seufzte, während er aufstand, um eine neue Flasche Pommery zu öffnen. »Ich kann kaum glauben, dass es nun mit uns zu Ende sein soll.«

Er zwinkerte ihr aufmunternd zu. »Nicht traurig sein. Jedes Ende ist ein neuer Anfang. Ein hübsches Kind wie du findet sofort einen neuen Verehrer, das weißt du genau.«

Mit einem gedämpften Plop knallte der Champagnerkorken aus der Flasche. Schwungvoll füllte er die Gläser und kehrte zum Bett zurück.

»Bitte sehr, mein Engel.« Er reichte ihr das Getränk. »Ich werde dich nie vergessen.«

Lisa lächelte ihn an, obwohl ihr eigentlich nicht nach Lächeln zumute war. Nicht, dass sie sich in Gottfried Erbele verliebt hatte, aber so einfach abserviert zu werden, war doch schwerer zu verdauen, als sie angenommen hatte. Er hatte ihr nie etwas vorgemacht. Von Anfang an war es klar gewesen, dass er ausschließlich an ihrem Körper interessiert war. Von Freundschaft oder sogar Liebe war nie die Rede gewesen.

Sie seufzte. Vielleicht konnte sie ihn doch noch davon überzeugen, dass man eine Frau wie sie nicht einfach aufgab. »Ich werde dich auch nicht vergessen, Gottfried.« Sanft ließ sie den Rand ihres Glases gegen das seine klirren. »Auf unseren Abschied.«

»Auf dass er noch lange dauert«, raunte er und berührte mit den Fingern zart ihre nackte Schulter. Sein Mund kam dem ihrem gefährlich nahe. Der herbe, männliche Duft seines Rasierwassers drang verführerisch in ihre Nase.

Kichernd wehrte sie ihn ab. »Erbarmen«, lachte sie und zog die Seidendecke bis unter ihr Kinn hoch. »Von Zeit zu Zeit hat ein Mädchen eine kleine Ruhepause verdient.«

Er brauchte nicht zu denken, dass sie jederzeit zu haben sei, wann es ihm passte. Mit blitzenden Augen betrachtete sie die kleinen Bläschen, die eifrig aus dem Grund ihres Champagnerkelches zur Oberfläche trieben, um dort zu feinstem Nebel zu zerstäuben. »Guck mal, sie sehen aus wie winzig kleine Perlen.«

»Perlen!« Gottfried schnalzte mit der Zunge. »Gut, dass du's sagst. Ich habe nämlich ein Geschenk für dich.« Mit der linken Hand tastete er unter sein Kopfkissen, von wo er schließlich eine kleine hellblaue Schachtel hervorzog. Er gab ihr einen zärtlichen Stups auf die Nase. »Für dich, als Erinnerung.«

Vorsichtig öffnete Lisa die Seidenschleife, die um die elegante Box gebunden war, und nahm den Deckel von der Schachtel.

»Ohrringe! Süße, elegante Stecker aus Perlen, Saphiren und Diamanten.« Genau die, auf die sie spekuliert hatte. Sie gab ihm einen Kuss. »Oh, Gottfried, wie lieb von dir!«

Er lächelte geschmeichelt. »Ich hatte gehofft, dass sie dir gefallen würden. Perlen seien zu Juwelen gewordene Tränen, habe ich einmal gehört. Sie sollen unseren Abschied symbolisieren.«

»Wie romantisch«, hauchte Lisa. »Und die Saphire?«

»Passen zu deinen saphirblauen Augen, mein Engel. Die Diamanten habe ich natürlich gewählt, weil alle Frauen wild darauf sind.« Er grinste. »Schon Marilyn Monroe wusste es: Diamonds are a girl's best friend.«

»Ich liebe Diamanten. Wenn das Licht sie trifft, funkeln sie so unwiderstehlich, dass man sie immerzu anschauen möchte.« Sie kicherte. »Was für ein Glück, dass ich bei Herrn Stempfle arbeite. Dort kann ich mich jeden Moment des Tages anglitzern lassen, so viel ich will.«

»Auch von einer Schönheit wie meiner Schneeprinzessin?«, fragte Erbele und hielt mit einem Mal einen

Diamanten hoch, der fast so groß war wie ein Hühnerei. Lisa sog scharf die Luft ein. Allmächtiger! Gebannt starrte sie auf das weiße, glitzernde Feuer, das der Stein direkt vor ihren Augen versprühte. Wie war dieses unglaubliche Prachtstück plötzlich in Gottfrieds Schlafzimmer gekommen? Das Ding musste Millionen wert sein.

»Mein Gott«, hauchte sie. »Ich habe noch nie einen so großen Diamanten gesehen. Ist der echt?«

Grinsend schüttelte er den Kopf. »Gute Frage, mein Schätzle.« Achtlos ließ er den Stein auf die Seidendecke fallen. »Die Antwort ist Nein. Dies ist eine Kopie. Die echte Schneeprinzessin habe ich gut versteckt, am sichersten Ort der Welt, zwischen lauter anderen Schneeprinzessinnen. Da findet sie kein Mensch.«

Bevor sie weitere Fragen stellen konnte, nahm er Lisa das Glas aus der Hand und verschloss ihren Mund mit einem Kuss, der deutlich sein wiedererwachendes Begehren ausdrückte.

»Ich glaube, Schätzle«, raunte er in ihr Ohr, »es ist an der Zeit, noch ein bisschen Abschied zu feiern. Du hast jetzt lange genug Ruhepause gehalten.«

Warm und willig zog Lisa ihn zu sich hinunter, um ihm den lustvollsten Abschied seines Lebens zu bereiten.

Draußen wartete bereits das Taxi auf sie. Lisa warf Gottfried einen letzten Blick zu, hob leicht die Hand und drehte sich zur Tür. Sekunden später war sie gegangen. Wahrscheinlich genehmigte er sich jetzt einen Drink an der Bar und war froh, dass sie weg war.

Gottfried spielte seine Karten gut aus.. Lisas zentimeterhohe Stilettos klackerten rhythmisch über die Auffahrt, während sie auf den weißen Mercedes zusteuerte. Sollte er mittlerweile bereuen, vor seiner Hochzeit in seinem Liebesleben reinen Tisch zu machen, so ließ er sich das jedenfalls nicht anmerken. Die goldene Reizwäsche hatte nicht an seinem Vorsatz rütteln können, sein Verhältnis mit ihr zu beenden, musste sie sich eingestehen. Genauso wenig wie der Wahnsinnssex auf dem flauschigen Teppich vor dem Bett. Er hatte Abschied gesagt und das auch so gemeint. Von Gottfried Erbele gab es in Zukunft weder zärtliche Küsse noch Schmuckschatullen zu erwarten, jedenfalls nicht für sie. Missmutig zog sie die Augenbrauen zusammen und sah in den tiefdunklen Nachthimmel hinauf, in dem Millionen von Sternen funkelten wie ein Meer von Brillanten. Wunderschön, doch keiner von ihnen konnte mit dem Glitzern des fantastischen Diamanten mithalten, den Gottfried so achtlos auf das Bett geworfen hatte – der Schneeprinzessin. Dabei war das Exemplar, das sie gesehen hatte, nur eine Kopie gewesen. Typisch Gottfried, ihr diesen Klunker vor die Nase zu halten und damit anzugeben, dass ihm auch das Original gehörte.

Dienstbeflissen eilte der Taxifahrer um den Wagen, um ihr die Tür aufzuhalten. Sie stieg ein, ohne ihn eines Blickes zu würdigen. Der echte Diamant war also zwischen lauter anderen Schneeprinzessinnen versteckt. Sehr interessant! Deutlich sah sie die Szene mit der Leiter wieder vor sich, die sie vor wenigen Stunden heimlich beobachtet hatte.

Wohlig machte sie es sich auf der Lederrückbank bequem und lehnte den Kopf gegen die Nackenstütze. Leise lächelte sie in die schummerige Dunkelheit, die sie umgab. Er hatte die Schneeprinzessin also am sichersten Ort der Welt versteckt. Wenn er sich da nur nicht täuschte.

9

Nachdem Berta die Riesendogge endlich heil bei ihrer Besitzerin abgeliefert hatte, ging sie ohne Umwege zu Dr. Ebersteins Praxis in der Zeppelinstraße.

»Acht Uhr abends«, brummte sie verstimmt in sich hinein, als sie die Haustür öffnete. »Ich hätte vor Ewigkeiten hier ankommen sollen.«

Die kalte Neonbeleuchtung im Treppenhaus, die sich bei ihrem Eintritt ins Haus automatisch angestellt hatte, blendete sie, sodass sie einen Moment lang die Augen zukneifen musste. Als sie sie wieder öffnete, fiel ihr Blick geradewegs auf Lisa Schmids Namensschild auf der Reihe von Briefkästen, die hier unten im Flur hingen.

Kopfschüttelnd suchte sie Dr. Ebersteins Praxisschlüssel zwischen den vielen Schlüsseln an ihrem Bund. Nicht nur, dass diese Lisa zwei Stockwerke über Dr. Ebersteins Praxis wohnte und nachmittags bei Juwelier Stempfle arbeitete, wo sie selbst auch zweimal in der Woche putzte. Jetzt war sie anscheinend auch noch die Gespielin von Gottfried Erbele. Sachen gab's, die gab's gar nicht.

Im Dunkeln deponierte sie ihre Handtasche neben der Rezeption, knipste das Licht an und legte ihren Schlüsselbund auf den Beistelltisch unter dem Schlüsselbrett. Ein Blick in die Runde zeigte, dass die Praxis wie immer makellos wirkte, als wäre bereits jemand zum Putzen hier gewesen. Der leichte Geruch nach Desinfektionsmittel, der in den Räumen schwebte, tat sein Übriges, um diesen Eindruck zu verstärken. Berta konnte das nur recht sein. Mit ihren glatten Oberflächen, staubdicht verschlossenen Schränken und leicht zu reinigenden Laminatfußböden, waren diese Praxisräume die Traum-Putzstelle schlechthin. In einer knappen Stunde war die Sache gemacht, geradezu ideal für eine Abendtätigkeit. Sie war nicht gerade scharf darauf, noch spät bei Dunkelheit allein nach Hause zu gehen. Deshalb sah sie normalerweise zu, um sieben bei Dr. Eberstein anzukommen, um sich dann gegen acht wieder auf den Heimweg machen zu können. Um diese Uhrzeit waren noch jede Menge Fußgänger unterwegs, sodass sie auch ohne Sir James' furchteinflößende Begleitung halbwegs sicher vor unangenehmen Überraschungen war. Allerdings hatte sie in letzter Zeit das Gefühl gehabt, dass Dr. Eberstein sie lieber etwas später gesehen hätte. Fast, als wolle er abends gern noch ein wenig mit dieser schnippischen Sprechstundenhilfe allein sein, die er seit wenigen Monaten beschäftigte.

Missbilligend rümpfte Berta die Nase und streifte ihre Gummihandschuhe über die Hände. Ob sich zwischen den beiden etwas anbahnte? Sie gab etwas Putzmittel in den Eimer und ließ heißes Wasser dazulaufen. Bei der Ehefrau konnte man es ihm wirklich nicht verdenken. Ohne das grausige Haarteil, das sie immer trug, sah seine Holde bestimmt aus wie ein gerupftes Huhn.

Ehebruch war zwar etwas höchst Verwerfliches, aber es würde sie weiß Gott nicht wundern. Seit Neuestem waren seine grauen Schläfen wieder jugendlich braun, und statt wie sonst in Hemd und Jacke lief er jetzt mit schwarzem Rolli und Lederjacke herum. Sogar ein Motorrad hatte er sich zugelegt. Ein sicheres Zeichen, dass der Mann in der Midlife-Crisis steckte. In dieser Phase waren die Herren der Schöpfung besonders anfällig für amouröse Abenteuer mit aufgetakelten Sprechstundenhilfen und dergleichen.

Schwungvoll fuhr Berta mit dem Schrubber über den Fußboden. Kaum hatte das junge Ding seine neue Stelle hier in der Praxis angetreten, rauschte es auch schon in die Ferien nach Ägypten ab. Die hatte Nerven. Nun besetzte also seine Tochter Sabine aushilfsweise den Platz hinter der Rezeption. Dieselbe, die so unverhofft bei *Rundum Sorglos* erschienen war, um Mandy Lovejoys Hochzeit zu vereiteln.

Anscheinend machte Sabine Eberstein ihre Sache an der Rezeption gut.

»So a herzigs Mädle«, hatte ihre Freundin, die neulich zum Blutdruckmessen in der Praxis gewesen war, von der Aushilfe geschwärmt. Die andere Sprechstundenhilfe, die bleede Kuah, solle am besten gleich in Ägypten bleiben, hatte sie hinzugefügt. Dann könne Sabine weiterhin an der Rezeption sitzen und brauche nicht zu ihrem Schreiberjob beim greislichen Käsbläddle zurückzukehren.

Berta fragte sich schon lange, was Michael ausgerechnet an dieser Zeitung so interessant fand, dass er sie fast täglich las – eins der Schundblätter, die sich impertinent in das Leben aller möglichen Berühmtheiten einmischten und keine Ruhe gaben, bis sie den letzten Schmutz unter dem Teppich hervorgekehrt hatten. Vielleicht sollte sie ihm stattdessen ein Abonnement der Schwäbischen Zeitung schenken. So viel besser als dieser Schund!

Wie schön, dass Sabine Eberstein sich in der Praxis ihres Vaters eine kleine Verschnaufpause von dem Skandalblatt gönnen konnte. Die hatte das Mädchen sicher nötig.

Nachdem sie die Praxisräume gründlich gewischt und durchgeputzt hatte, sah alles noch antiseptischer und steriler aus als es vorher schon gewirkt hatte. Das Ganze hatte keine vierzig Minuten gedauert, bemerkte sie zufrieden, da hatte sie tatsächlich einen neuen Rekord aufgestellt. Sie nahm den Müllsack, den sie beim Hinausgehen noch schnell in die Tonne werfen wollte, und griff nach ihrem Schlüsselbund. Ihr Blick fiel auf das darüberhängende Schlüsselbrett und die handgeschriebenen Schilder, die an den Schlüsseln baumelten. *Daheim* stand auf dem einen, womit sicherlich Dr. Ebersteins Zuhause gemeint war. *Sabine* stand auf Schlüssel Nummer zwei, und *L. Schmid* auf dem dritten. Anscheinend hatte Lisa Schmid dem Arzt für alle Fälle ihren Wohnungsschlüssel gegeben, falls sie einmal ausgesperrt sein sollte.

Berta holte tief Luft, ordnete die wild durcheinanderpurzelnden Gedanken in ihrem Kopf zu einem übersichtlichen Schlachtplan und sandte dann ein eiliges Stoßgebet in Richtung Himmel.

»Wenn du etwas dagegen hast, Allmächtiger, dann sag es jetzt gleich, bevor ich gegen deinen Willen handele.«

Mehrere Minuten wartete sie auf eine Antwort, aber nichts passierte. Zufrieden begann Berta, ein kleines Lied vor sich hinzusummen. Sie hatte sich gleich gedacht, dass der Herrgott ihr Unternehmen unterstützen würde.

Schnell entfernte sie einen wenig benutzten Schlüssel von ihrem Bund und tauschte ihn gegen den von Lisa Schmid aus. Wie sie nun wusste, befand sich in deren Wohnung der Schlüssel zu Gottfried Erbeles Villa, es sei denn, Lisa trug ihn ständig mit sich herum. In der Villa würde sich mit Sicherheit ein entscheidender Beweis finden lassen, dass die beiden etwas miteinander hatten. Oder sonst etwas anderes, das seine Hochzeit mit Mandy verhindern konnte. Wenn sie also Erbeles Schlüssel aus Lisas Wohnung ...

Ob sie Sabine Ebersteins Schlüssel auch gleich mitgehen lassen sollte? Sie krauste die Stirn. Es konnte nicht schaden, sich ein wenig bei ihr umzusehen. Vielleicht steckte doch mehr dahinter, dass sie so wild darauf war, die Hochzeit platzen zu lassen.

Sekunden später hing auch dieser zweite Schlüssel unauffällig an ihrem Schlüsselbund, als gehörte er hierhin und sonst nirgends. Voller Vorfreude auf ihre kleine Unternehmung und mit dem sicheren Segen des Herrn verließ sie die Praxis und ging unbehelligt durch die abendliche Dunkelheit zurück nach Hause.

Samschdig

10

»Hast du gelesen, was sie über Gottfried Erbele schreiben?«, fragte Micha mit vollem Mund. »Über den Diamanten, den er gekauft hat?«

»Natürlich nicht«, antwortete seine Tante, die gerade erst zur Tür hereingekommen war und sich nun auf das von Micha zubereitete Frühstück freute. »Ich bin gerade erst aufgestanden.«

Sie setzte sich an den Tisch und schaute zufrieden in die Runde. Joghurt, Eier, Weckle; der Bua hatte sich wirklich Mühe gegeben. Selbst ihre vielgeliebte Erdbeermarmelade stand auf dem Tisch. Der köstliche Duft nach frisch gebrühtem Kaffee zog ihr angenehm in die Nase. Deshalb schenkte sie sich erst einmal in Ruhe eine Tasse ein, bevor sie nach der Zeitung griff, die Micha ihr hinhielt.

»Modekönig kauft Riesenbrilli für Verlobte« stand in großen Lettern auf der Titelseite, als ob es nichts Interessanteres auf der Welt gäbe. Aber was konnte man von diesem Boulevardblatt auch anderes erwarten als aufgebauschten Trivialjournalismus der übelsten Sorte. Die Kaffeetasse in der Hand, machte sie sich an die Lektüre des Artikels, der mit dem Kürzel -se- unterschrieben war. Ob etwa Sabine Eberstein diesen Schund verfasst hatte? Wundern würde es sie nicht, schließlich war Sabine dort freie Mitarbeiterin, und interessant für die schwäbische Klatsch- und Tratschszene war der Beitrag allemal.

»Meinst du, das stimmt? Diese Schneeprinzessin soll Millionen gekostet haben.«

Micha zuckte die Schultern. »Keine Ahnung, wie viel so ein Stein wert ist. Mit Juwelen kenne ich mich nicht gerade gut aus. Aber warum sollte er Mandy nicht etwas Besonderes zur Hochzeit schenken? Geld genug hat er doch.« Er schenkte sich einen Tee ein. »Trotzdem ist es schade, dass diese Story breit in der Regenbogenpresse ausgeschlachtet wird. Das Geschenk sollte sicher eine Überraschung sein, und die Hochzeit ist erst in zwei Wochen.«

»Irrtum, sie findet überhaupt nicht statt. Oder erinnerst du dich etwa nicht an den Auftrag, den uns Sabine Eberstein gegeben hat?« Zielstrebig griff Berta zur Erdbeermarmelade. »Zufällig habe ich herausgefunden, dass Gottfried Erbele ein Verhältnis mit dieser blonden Verkäuferin bei Juwelier Stempfle hat. Wenn alles gut geht, reicht das aus, um die Hochzeit platzen zu lassen.«

Michas Kinnlade klappte herunter. »Erbele hat ein Verhältnis? Wie kommst du denn darauf?«

Über einem dick bestrichenen Marmeladenweckle und einer weiteren Tasse Kaffee erzählte sie ihm, was sie gestern Abend bei ihrem Spaziergang mit Sir James beobachtet hatte. »Die Tatsache, dass sie einen Hausschlüssel hat, besagt eindeutig, dass die beiden etwas miteinander haben«, schloss sie ihren Bericht. »Im Grunde haben wir unseren Auftrag so gut wie abgeschlossen.«

Wie üblich war Micha anderer Meinung. »Wieso abgeschlossen? Dass diese Lisa einen Schlüssel zu Erbeles

Villa hat, heißt überhaupt nichts. Guck dir mal deinen eigenen Schlüsselbund an, daran hängen die Schlüssel von halb Blaubeuren.«

»Na hör mal, schließlich putze ich bei all diesen Leuten.« Genervt zupfte Berta an ihrem Ohrläppchen. »Lisa Schmid ist seine Geliebte, deshalb hat sie den Schlüssel. Aus keinem anderen Grund!«

»Das sagst du, aber was glaubst du, werden diese Lisa und Gottfried Erbele sagen, wenn du ihnen ein Verhältnis anhängen willst? Du glaubst doch nicht im Ernst, dass die beiden das zugeben?«

Berta schluckte, musste ihm aber insgeheim recht geben. Die Anwesenheit eines Schlüssels ließ sich auf viele harmlose Weisen erklären. Sie würden sich etwas anderes einfallen lassen müssen, um Mandy deutlich zu machen, dass die beiden Turteltauben etwas miteinander hatten. Missmutig sah sie in ihre halbleere Kaffeetasse. »Schade, das Ganze sah so einfach aus. Wie war's übrigens gestern? Hattet ihr einen schönen Abend?«

Micha machte ein Gesicht wie zehn Tage Regenwetter. »Von wegen schöner Abend. Erst hat sie mich eine halbe Stunde warten lassen, und dann schickt sie mir eine SMS, dass sie sich in einen anderen verliebt hat.«

Seine Tante schüttelte ungläubig den Kopf. Mit einer SMS! Früher war das nicht so einfach gewesen.

Es läutete. Berta, die gerade das Kaffeegeschirr vom Frühstückstisch in die Küche getragen hatte, ging zur Wohnungstür, um unten zu öffnen. Sekunden später hörte sie Mandy Lovejoy die Treppe hochpoltern, die wie jeden Tag ihren Hund zum Spaziergang vorbeibrachte.

Auffallend schön wie immer, aber hustend und mit dunklen Schatten unter den Augen kam sie oben an und ließ sich erschöpft in einen Sessel fallen, während

Sir James es sich auf seinem Lieblingsplatz neben dem Schreibtisch gemütlich machte. Eilfertig reichte Berta ihr ein Taschentuch, schickte Micha zum Teekochen in die Küche und goss ein Glas Wasser ein.

»Trink das, dann wird es besser«, befahl sie ihrer keuchenden Freundin resolut und schüttelte missbilligend den Kopf. »Dieser Husten klingt wirklich böse. Das geht schon monatelang so. «

»Keine Sorge, Berta, es ist gleich vorbei. Diese Anfälle dauern immer nur ein paar Minuten. Vielleicht sollte ich vor der Hochzeit noch einmal an die Nordsee fahren. Die Seeluft soll gut für die Bronchien sein.«

»Gott sei Dank warst du wenigstens beim Arzt.« Berta sah sie besorgt an. »Hat Dr. Eberstein gesagt, warum diese Erkältung so schwer zu bekämpfen ist? Normalerweise klingt ein Husten doch irgendwann wieder ab.«

Mit einem Tablett beladen kam Micha ins Zimmer und strahlte sie an. »Hier habe ich genau die richtige Medizin für bronchienkranke Schönheiten: Tee mit Rum und Zucker.« Er stellte das Tablett auf den Couchtisch und verteilte die Tassen. »Ein altes Meier'sches Hausrezept.«

»Wie lieb ihr euch um mich kümmert. So viel Aufhebens wegen einer kleinen Erkältung.« Dankbar führte Mandy die Tasse zum Mund. »Dr. Eberstein hat mir geschrieben, dass nichts Ernsthaftes dahintersteckt. Auch die Röntgenaufnahme habe nichts ergeben, meine Lungen seien rosig wie die eines jungen Mädchens. Hoffentlich kommt mir dieser schreckliche Husten bei der Hochzeit nicht in die Quere. Es würde mir die ganze Feier verderben.«

Nachdem sie eine Weile angeregt über die geplanten Flitterwochen und Details der Hochzeitsvorbereitungen geplaudert hatten – sogar ein nächtliches Feuerwerk über dem Blautopf war geplant – erhob sich Mandy und warf mit eleganter Handbewegung ihren hellblauen Pashmina-Schal um die Schultern. »Gott sei Dank ist mein Chauffeur wieder zurück. Er kann den Hund heute Nachmittag abholen, wie üblich.« Sie beugte sich zu der Dogge hinunter, die gemütlich zu Michas Füßen vor sich hinschnarchte, und strich ihr sanft über den Kopf. »Ich wünschte, Sir James wäre genauso lammfromm, wenn er mit meinem Zukünftigen im Zimmer ist.«

»Wieso? Was macht er denn?«

Sie grinste. »Er knurrt«, antwortete sie und wandte sich zum Gehen.

»Kluger Hund«, murmelte Micha, sobald sich die Tür hinter ihr geschlossen hatte. »Sir James hat eben einen sechsten Sinn dafür, dass der Erbele ein Blödmann ist.«

»Nur dumm, dass sein Frauchen das noch nicht mitgekriegt hat«, murmelte seine Tante und ging in die Küche, um endlich das Frühstücksgeschirr in die Maschine zu räumen. Die Frage war nur, wie man Mandy das so kurz vor der Hochzeit verklickern konnte.

11

Das Wort Gottes hatte es verdient, verbreitet zu werden, nicht nur sonntags in der Kirche. So besuchte Berta also mehrmals wöchentlich ein Blaubeurer Seniorenheim, um dort aus der Bibel vorzulesen. *Haus Sonnenberg* war deutlich weniger sonnig als sein Name vermuten ließ. Im Gegensatz zu vielen anderen Seniorenresidenzen fehlte es hier entschieden am Geld. Durch die Ritzen auf der Terrasse spross das Unkraut und das Gebäude schrie geradezu nach einer Totalrenovierung und einem lichtdurchfluteten Anbau. Dennoch wurden die alten Herrschaften, die hier lebten, fabelhaft versorgt. Das Personal war reizend, das Essen leicht verdaulich und die Heimleitung sorgte für ein abwechslungsreiches Unterhaltungsprogramm.

»Griaß Godd, allerseits.«

Bester Stimmung betrat Berta den Aufenthaltsraum, in dem es sich heute Nachmittag nur die neunzigjährige Frau Neumann und der ewig bruddelige Herr Allgaier gemütlich gemacht hatten. Die anderen waren anscheinend draußen im Garten und genossen die letzten nachmittäglichen Sonnenstrahlen auf der Terrasse. Schwungvoll legte sie die Bibel auf den Tisch. »Soll ich weiter vom alten Ägypten vorlesen?«

Begeistert nickte Frau Neumann, die blass, aber angeregter Stimmung auf dem Sofa saß und nur auf sie gewartet zu haben schien. »Nach der Geschichte mit den zehn Plagen, die Gott über die Ägypter schickte, konnte ich die ganze Nacht nicht schlafen. All die Frösche, Heuschrecken und das viele Blut im Fluss.« Sie schüttelte sich. »Fanden Sie diese Bibelstelle nicht auch rasend aufregend, Herr Allgaier?«

»Aufregend? Ich bin mein Lebtag ohne die Märchen aus der Bibel ausgekommen, da kann ich in meinen letzten Jahren auch darauf verzichten.« Demonstrativ verschanzte er sich hinter seiner Zeitung.

Berta ließ sich durch seinen Kommentar nicht aus der Fassung bringen. »Dann lesen wir beide eben allein. Wo waren wir stehengeblieben, Frau Neumann? Bei der letzten Plage?«

Mit glänzenden Augen verfolgte die Seniorin die Geschichte, die Berta aus dem Alten Testament vorlas. Wie Gott die letzte, schrecklichste aller Plagen über die Bewohner Ägyptens gebracht hatte, den Tod der Erstgeborenen. Wie die unterdrückten Israeliten ihre Türen mit dem Blut frisch geschlachteter Lämmer gekennzeichnet hatten, damit die Plage Gottes über sie hinwegwehte. Wie die Ägypter morgens ihre Erstgeborenen leblos in den Betten liegend fanden, wie sie weinend neben ihren toten Kindern gekniet hatten und wie der Pharao sich schließlich Gottes Willen gebeugt und Moses erlaubt hatte, mit seinem Volk zurück nach Israel zu ziehen.

»Hätte er doch nur gleich zugestimmt, als Moses ihn darum bat. Dann hätten die Ägypter all diese furchtbaren Plagen nicht erdulden müssen, und die armen Kinder wären auch noch am Leben.« Frau Neumann hatte die Geschichte sichtlich aufgewühlt. »So kommt's, wenn man bockig ist und unbedingt seinen Willen durchsetzen will.«

Raschelnd legte Herr Allgaier seine Zeitung beiseite. »Sagen Sie bloß, Sie wollen damit andeuten, dass dieser Pharao der Bockige von den beiden ist, wenn in Wirklichkeit Gott derjenige war, der unbedingt gewinnen wollte.«

»Wieso? Die Ägypter hielten die Israeliten doch als Sklaven«, wandte Berta ein. »Seit über vierhundert Jahren. Moses wollte sie im Auftrag Gottes aus der Knechtschaft befreien und nach Hause ins gelobte Land führen.«

»Ach, und das kriegt er nur mit Mord und Totschlag hin? Und außerdem: Damals war es total normal, Sklaven zu halten.« Triumphierend blickte Herr Allgaier in die Runde. »Selbst in Israel.«

In diesem Moment öffnete sich die große Glastür, die zum Garten führte. Mehrere Heimbewohner kehrten zurück ins Haus, um ihren Nachmittagskaffee zu trinken.

Berta sah auf die Uhr. »Na so was, die Stunde ist wirklich wie im Flug vergangen.« Entschuldigend wandte sie sich an Frau Neumann. »Tut mir leid, dass ich schon gehen muss, aber bald komme ich wieder. Dann lesen wir weiter.«

Mit einem herzlichen Händedruck verabschiedete sie sich von der alten Dame und Herrn Allgaier, von dem sie vermutete, dass er gar nicht so schrecklich brummig war, wie er immer tat. Warum sollte sie sich aufregen, wenn er diese Bibelstellen so kritisch sah. In ein paar Jahren konnte er das alles mit dem Herrgott höchstpersönlich diskutieren.

Sonndig

12

»Wie sehe ich aus?«, fragte Berta und drehte sich im Kreis, damit ihr Neffe einen ausführlichen Blick auf ihre Erscheinung werfen konnte.

Micha pfiff anerkennend durch die Zähne. »Sehr fesch, alle Achtung. Vielleicht sollten wir öfters mal zusammen in einen Club gehen.«

Seine Tante zog ein schiefes Gesicht und griff nach ihrer Handtasche, in die sie neben Schlüssel, Puderdose und Lippenstift auch eine kleine Kamera gepackt hatte. Noch einmal wollte sie nicht über einen großartigen Beweis für Gottfried Erbeles Untreue stolpern, ohne das Ganze fotografieren zu können. Die diesbezügliche Misere vor dessen Villa nagte noch immer an ihr. »Wie heißt der Club noch mal?«

»*Blue Moon*. Ein scharfer Schuppen, knapp eine halbe Stunde von hier auf dem Weg nach Ulm. Erbele ist dort Stammgast. Der weiß eben, wo man sich amüsieren kann.«

Berta war nicht sicher, ob sie ihren ersten Besuch in einem Nachtclub ebenso amüsant finden würde, aber schließlich ging es um Höheres: Mandy Lovejoys Hochzeit musste vereitelt werden, komme, was wolle. Gut, dass der Allmächtige diese Sabine Eberstein mit ihrem ungewöhnlichen Auftrag in Michas Büro geweht hatte, sonst hätten sie beide wahrscheinlich tatenlos zugesehen, wie Mandy an der Seite von diesem Erbele in ihr Unglück rannte.

»Hauptsache, wir fallen nicht auf«, bemerkte sie und richtete ihr Haar vor dem ovalen Spiegel im Flur. »Wir sollten uns ganz unscheinbar geben.«

Micha warf ihr einen skeptischen Blick zu. »Da bin ich mal gespannt, wie du das anstellen willst. Gäste wie dich haben die nämlich normalerweise nicht.«

»Wieso?«

Er schenkte ihr ein breites Grinsen. »Ich dachte, du wüsstest es bereits. Das *Blue Moon* ist ein Strip Club.«

Am liebsten wäre Micha in Grund und Boden versunken. Tante Berta, die anscheinend kräftig geschnapselt hatte, saß einem feisten Geschäftsmann förmlich auf dem Schoß und unterhielt zu allem Überfluss die ganze Herrengesellschaft, die hier im *Blue Moon* feierte, mit entsetzlich albernen Blondinenwitzen. Er stöhnte. Dabei hatte alles so harmlos angefangen.

Sie waren schon relativ früh hier gewesen, so gegen halb zehn, um Gottfried Erbeles Ankunft mitzukriegen; später hätten sie ihn womöglich verpasst. Überraschenderweise waren sie die ersten Gäste im Club, und Erbele kam und kam nicht, obwohl er laut Michas zuverlässiger Informantin sonntags eigentlich immer hier war. Stattdessen waren dann diese Geschäftsleute hier aufgekreuzt, die sich bestens mit Tante Berta zu verstehen schienen.

»Keine Sorge, ich bin noch ganz nüchtern«, hatte sie ihm zugeflüstert, aber Micha hatte gar nicht erst hingehört. Die Frage war nur gewesen, wie er sie diskret nach Hause schaffen konnte.

Genau in diesem Moment war Gottfried Erbele zur Tür hereingekommen und lässig an einigen einzelnen Männern vorbei geschlendert, die einsam an den Tischen saßen und die Tänzerinnen anstierten. Schließlich hatte er sich an der Bar einen Drink bestellt. Das war vor gut vierzig Minuten gewesen. Seitdem hatte Micha sich schier totgelangweilt. Seinen Whisky in der Linken, lehnte Erbele nach wie vor an der Theke und beobachtete die Schönheiten, die sich aufreizend lächelnd auf der Bühne entkleideten. Nicht eine hatte er zu sich gewunken oder begrapscht. Er hatte sich noch nicht einmal von der Stelle bewegt. Wie zum Teufel sollte man einem solchen Lalli Untreue nachweisen? Langweiliger ging's kaum noch. Immerhin hatte Erbele ihnen den Gefallen getan, außer Hörweite zu stehen und den Blick starr auf die Tänzerinnen zu halten. Für die anderen Gäste im Club interessierte er sich gottlob nicht, sonst hätte er sie beide womöglich erkannt. Gar nicht einfach, Bekannte zu überwachen.

»Schnappschuss«, kreischte Tante Berta und drückte auf den Auslöser ihrer Kamera. Der Geschäftsmann ihr gegenüber blickte blöde lächelnd in die Linse. Der Kerl war so betrunken, dass ihm noch nicht einmal auffiel, dass das Bild längst geschossen war.

Mühsam stieg seine Tante über ihre Tischnachbarn hinweg und ließ sich auf den Sessel neben ihm plumpsen. »Ich habe ihn aufgenommen.« Stolz deutete sie auf ihre Kamera.

»Wen? Deinen Geschäftsmann?«

»Nein, den natürlich nicht. Ich meine den Typen mit der Sonnenbrille, der Gottfried Erbele die ganze Zeit beobachtet.«

Micha runzelte die Stirn. Ihm war niemand aufgefallen, der Erbele beobachtet hätte. Bestimmt bildete sie sich das ein, berauscht wie sie war.

»Schau nicht so griddelig, du kannst es mir ruhig glauben. Dermaßen nüchtern wie heute war ich schon lange nicht mehr.« Genervt dreinblickend erhob sie sich und stolzierte mit der Handtasche unterm Arm in Richtung Toilette.

Womit hatte er das verdient, fragte sich Micha. Eine beleidigte Tante, die versoffene Herrengesellschaft und obendrein Mandys »untreuer« Verlobter, der außer seinem Drink nichts und niemanden anrührte, zumindest keine der halbnackten Damen im Club. Wahrscheinlich säßen sie bis in den Morgen hier herum und kriegen nichts Interessantes mit. Saublöd, das Ganze. Missmutig rührte er den Strohhalm durch seine Cola. Jetzt, so kurz vor der Hochzeit, würde Erbele sowieso kaum in aller Öffentlichkeit fremdgehen, wenn er halbwegs bei Verstand war. Die ganze Überwachung war für die Katz, wenn nichts dabei herauskam. Ohne Resultat würde Sabine Eberstein die restlichen 500-Euro-Scheine nicht herausrücken, und wie sollte man diese Hochzeit sonst verhindern?

Plötzlich kam Bewegung in Gottfried Erbele. Er stellte seinen Drink auf die Theke und ging zielstrebig zu den Toiletten. Durch Micha Meier ging ein Ruck. Sollte er ihm folgen und das Risiko eingehen, von ihm bemerkt zu werden? Erbele und er waren sich schon mehrmals begegnet, und Tante Berta kannte er sowieso, weil kein Tag verging, an dem Mandy und sie nicht beieinanderhockten und ausgiebig miteinander tratschten. Da war natürlich auch Mandys Liebster das eine oder andere Mal dazugekommen. Er konnte nur hoffen, dass sie ihm nicht ausgerechnet jetzt im Gang begegnete und ihm eine ihrer unglaublichen Lügengeschichten auftischte, was sie in diesem Sexclub zu suchen hatte.

Gerade hatte Micha entschieden, sitzen zu bleiben, als sich ein Mann mit Anzug und Sonnenbrille erhob und Erbele in Richtung Toiletten folgte.

Vor Aufregung bildeten sich kleine Schweißperlen auf Michas Stirn. Hatte Tante Berta etwa recht mit ihrer Beobachtung? Wurde Gottfried Erbele beschattet oder musste dieser andere Mann zufällig zur gleichen Zeit zum Bieseln?

An Sitzenbleiben war jetzt jedenfalls nicht mehr zu denken, auffällig hin oder her. Kurzentschlossen folgte er den Toilettenschildern auf einen mit bordeauxrotem Velours ausgelegten Gang hinaus, an dessen Ende man um die Ecke biegen musste, wo sich die stillen Örtchen befanden. Erbele und der Mann mit der Sonnenbrille waren außer Sichtweite, obgleich sie nur Sekunden vor ihm hier langgelaufen sein mussten.

Als er gedämpfte Schüsse hörte, sprintete er instinktiv los, den Gang entlang und um die Ecke in Richtung Toiletten. Zu spät. Erbele lag ausgestreckt am Boden, über ihn beugte sich der Mann mit der Sonnenbrille und tastete ihn ab.

»Polizei, stehenbleiben!«, schrie Micha, ohne darüber nachzudenken, dass das erstens eine Lüge war und dieser Typ zweitens eine Pistole bei sich trug.

Der Killer hatte offensichtlich kein Interesse an einem Zusammentreffen mit der Polizei. Nach einem kurzen Blick auf den durchtrainierten Micha, der geradewegs auf ihn zustürmte, drehte er sich um und ergriff die Flucht durch den Notausgang neben der Herrentoilette, der auf den unbeleuchteten Hinterhof hinausführte. Seinen Verfolger dicht auf den Fersen, verschwand er in der Dunkelheit.

Nachdem Berta gründlich ihre Hände gewaschen hatte, puderte sie ihre Nase und zog sich in aller Seelenruhe die Lippen nach. Ihre kleine Show heute Abend machte richtigen Spaß. Sich unter diese Herrengruppe zu mischen und so zu tun, als hätte sie ein wenig zu viel getrunken, war nicht gerade schauspielerisch anspruchsvoll und wirkte entschieden harmloser als stocksteif und nüchtern mit Micha in einer Ecke zu sitzen. Wieso er diesen verdächtigen Mann nicht bemerkt hatte, war ihr ein Rätsel. Mit seiner Ray Ban auf der Nase sah der doch schon von Weitem aus wie einer, der etwas zu verbergen hatte. Wer brauchte in dieser schummrigen Nachtclubbeleuchtung schon eine Sonnenbrille? Seufzend schraubte sie ihren Lippenstift wieder zu und verstaute ihn in der Tasche.

Von draußen drangen gedämpfte Schritte in den Waschraum. Sofort meldete sich ihre Neugier. Sie wandte ihren Blick im Spiegel der leicht geöffneten Tür zum Korridor zu. Einen Moment lang trat Gottfried Erbele ins Bild, der anscheinend auf dem Weg zur Herrentoilette war. Sekunden später kam der unheimliche Ray-Ban-Träger in ihr Blickfeld und blieb breitbeinig genau dort stehen, wo sie ihn vom Waschbecken aus sehen konnte. Selbst ohne den Ausdruck in seinen Augen erkennen zu können, stellten sich ihre Nackenhaare auf. Dieser Mann war gefährlich. Berta stand mucksmäuschenstill und wagte nicht, sich zu rühren. Ihre Augen weiteten sich vor Entsetzen, als er plötzlich eine Pistole aus der Jacke zog und ohne ein Wort der Warnung zweimal schoss – auf Gottfried Erbele, nahm sie an, der sich nur wenige Meter vor ihm befinden musste. Immer noch in den Spiegel starrend, riss sie die Hand vor den Mund und sog reflexartig die Luft ein, um einen Aufschrei zu unterdrücken. Der Mann dort draußen würde kein Mitleid mit ihr haben, wenn er merkte, dass es eine Zeugin für sein Verbrechen gab.

Erst als sie Michas wohlvertraute Stimme »Polizei, stehenbleiben!« rufen hörte, gefolgt vom zweimaligen Schlagen einer Tür, kam wieder Leben in sie. Vorsichtig wagte sie sich auf den Gang hinaus und umfasste die Situation mit einem Blick. Gottfried Erbele, der in einer Blutlache ausgestreckt auf dem Rücken lag, lebte noch. Er musste den Mann hinter sich bemerkt und sich umgedreht haben, bevor der auf ihn schoss. Sein Brustkorb hob und senkte sich, doch das Atmen fiel ihm sichtbar schwer.

Sofort kniete sie neben ihm am Boden, um Erste Hilfe zu leisten. Gleichzeitig versuchte sie, das Handy aus ihrer Handtasche zu angeln. Wenn hier nicht augenblicklich ein Rettungswagen vorfuhr, starb er, ahnte sie. Heilig's Blechle! Ihr wurde abwechselnd heiß und kalt, als sie realisierte, dass sie ihr Handy zu Hause gelassen hatte. Was jetzt? Zurück in den Club?

Erbele öffnete die Augen.

»Bleiben Sie ganz ruhig, ich rufe einen Krankenwagen«, sagte sie und wollte sich aufrichten, um Hilfe zu holen.

»Prinzessin, nehmen Sie ... Jackentasche«, hielt seine Stimme sie kaum hörbar zurück. »Villa ... alle ... Wald ... Bäume nicht.«

Ein letztes Husten, ein Schwall von Blut, der aus seinem Mund trat. Gottfried Erbele war tot. Fassungslos blickte Berta in seine Augen, die ihren Blick nicht mehr erwiderten. Sie faltete die Hände. Der allmächtige Vater im Himmel mochte sich seiner Seele erbarmen.

Gut, dass sie bei ihm geblieben war. Er wäre hier mutterseelenallein gestorben, wenn sie zum Hilfeholen in den Club zurückgerannt wäre. Vielleicht war es ihm ein Trost gewesen, dass sie an seiner Seite war, als er starb.

Erbeles letzte Worte fielen ihr ein. *Jackentasche* hatte er gesagt, *nehmen Sie*, und sie dabei flehentlich angesehen. Die Botschaft war ihm eindeutig wichtig gewesen. Ihr Blick schweifte über die Taschen seines eleganten Jacketts. Ob sie ...? Vorsichtig ließ sie die Finger über den feingewebten Stoff gleiten, über die Seiten, wo sich die Innentasche befinden musste, nicht oben in der blutdurchtränkten Gegend. Die linke Tasche schien leer zu sein, aber in der rechten Jackentasche erfühlte sie einen Gegenstand unter dem Stoff, oval und hart. Mit einem schnellen Blick über den Gang vergewisserte sie sich, dass niemand in der Nähe war, und fuhr mit der Hand hinein. Was sie dort vorfand, ließ ihr den Atem stocken. Der Diamant war größer als alles, was sie jemals in Juwelier Stempfles Vitrinen gesehen hatte.

»Die Schneeprinzessin«, hauchte sie, als ihr der Zeitungsartikel vom Morgen wieder einfiel. Darum hatte Gottfried Erbele also sterben müssen. Kein Wunder, dass der Killer hinter ihm her war. Er wollte den Diamanten.

Bevor sie jemand mit dem Stein in der Hand erwischen konnte, steckte sie ihn schnell in ihre Handtasche, warf einen letzten Blick auf den Toten am Boden und ging dann den Gang entlang in Richtung Bar, um den Manager zu verständigen. Erst jetzt traf sie die Erkenntnis, in welcher Gefahr ihr Neffe sich befand.

Lieber Gott, hoffentlich war dem Bua nichts passiert!

Ihr Gebet wurde erhört. Fünf Minuten später kehrte er nach einer erfolglosen Verfolgungsjagd ziemlich außer Atem ins *Blue Moon* zurück – ungefähr gleichzeitig mit dem Blaulichtwagen, der mit quietschenden Reifen vor der Tür zum Stehen kam – und fiel erschöpft in den nächsten Sessel.

»Der Dreckskerl ist mir entwischt«, keuchte er und trank einen großen Schluck Cola aus dem Glas, das ihm seine Tante fürsorglich in die Hand drückte. »Was ist mit Erbele? Ist er ...?«

Sie nickte.

»Om Hemmels Willa. Direkt vor der Hochzeit.«

Berta schlug ihre Hände zusammen. Sie hatte diese Ehe zwar verhindern wollen, aber dass das Ganze so endete, hätte sie ihrem schlimmsten Feind nicht gewünscht. Gerade wollte sie Micha von Erbeles letzten Worten und der Schneeprinzessin in ihrer Handtasche erzählen, als eine Polizistin zu ihnen trat, um ihre Aussagen zu Protokoll zu nehmen.

Auch gut, dachte Berta und machte sich auf eine lange Nacht gefasst. »Villa ... alle ... Wald ... Bäume nicht.« Was das heißen sollte, kriegten Micha und sie heute sowieso nicht mehr geknackt.

Meedig

13

Am Montagmorgen brachte der Postbote einen Brief von Frau Hübner. Berta runzelte die Stirn, überflog die Zeilen und erbleichte. Es war ein Abschiedsbrief mit einer letzten Bitte an sie. Die alte Dame hatte das Glas Mayonnaise gefunden, das sie in den Müll geworfen hatte, und sich davon Russische Eier gemacht mit der Absicht, schnellstmöglichst in den Himmel zu kommen! Erschüttert legte Berta den Brief beiseite.

Als sie wenig später übernächtigt und tief besorgt in Frau Hübners Straße bog, sah sie das hellblaue Smart Cabriolet schon von Weitem vor der Tür stehen.

»Ich muss Ihnen eine traurige Mitteilung machen«, sagte Frau Hübner-Eberstein, die ganz in Schwarz gekleidet im Flur stand und schon auf sie gewartet zu haben schien. »Meine Mutter ist übers Wochenende überraschend verstorben. Es war eine Lebensmittelvergiftung; es muss wohl die Mayonnaise gewesen sein. Sie wissen ja, wie die alten Leute sind. Nie wird etwas weggeworfen, selbst wenn das Haltbarkeitsdatum längst überschritten ist.«

»Mein Gott, das tut mir aber leid.« Berta zog ein Taschentuch aus ihrer Manteltasche und wischte sich die Augen. Es war keine Überraschung. Instinktiv hatte sie geahnt, dass die alte Dame bei ihrem Unternehmen Erfolg haben würde, aber der Schock saß ihr trotzdem in den Gliedern, und jetzt lag zu all dem noch eine besondere Aufgabe vor ihr. »Mein herzlichstes Beileid. Wenn ich Ihnen irgendwie behilflich sein kann, bei der Beerdigung zum Beispiel.«

»Das wäre mir wirklich eine große Hilfe«, bestätigte Frau Hübner-Eberstein. »Und ganz im Sinne meiner Mutter. Sie hat Sie immer in den höchsten Tönen gelobt.«

»Vielen Dank. Ich mochte Ihre Frau Mutter auch ganz besonders. So viele gemeinsame Jahre verbinden, wissen Sie.« Bertas Herz schlug bis zum Hals. Würde der Herrgott den Plan gutheißen, den Frau Hübner ausgeheckt hatte?

»Ich würde Ihnen gerne eine kleine Erinnerung an sie schenken«, sagte Frau Hübner-Eberstein, ganz wie sie es sich erhofft hatte. »Leider bin ich nicht sicher, was Ihnen gefällt.«

Berta wand das Taschentuch zwischen den Händen. Jetzt ging es um die Wurst. »Das ist aber nett von Ihnen. Dürfte es denn auch etwas Größeres sein?«

»Etwas Größeres?«

»Ich wollte fragen, ob ich vielleicht ihr Bett haben könnte.«

»Ihr Bett?« Frau Hübner-Eberstein hob erstaunt die Augenbrauen. »Das Bett meiner Mutter ist wirklich nichts Besonderes, Frau Meier, das muss doch schon mindestens zwanzig Jahre alt sein. Hätten Sie nicht lieber etwas Wertvolleres, einen silbernen Bilderrahmen oder vielleicht eine Brosche?«

»Nein, vielen Dank. Das Bett Ihrer Mutter hat mir schon immer so gut gefallen. Es ist anständige Qualität und das Holz würde wunderbar in mein Schlafzimmer passen. Wenn Sie mir eine wirkliche Freude machen wollen, dann lassen Sie mich doch bitte dieses Bett haben. Ich sorge auch selbst für den Abtransport.«

Frau Hübner-Eberstein lächelte gütig. »Wenn Sie es unbedingt haben wollen, gerne. Und ein Zeugnis schreibe ich Ihnen selbstverständlich auch.«

»Hier hinein«, dirigierte Berta die beiden jungen Männer ins Schlafzimmer, die ihr bereits wenige Stunden später Frau Hübners Bett anlieferten und ihr eigenes gleich auf die Müllhalde schafften. »Dort drüben an die Wand, bitte.«

Sie drückte jedem ein Trinkgeld in die Hand und verabschiedete sie überschwänglich. Kaum war die Tür hinter den Männern ins Schloss gefallen, holte sie eine große Schere aus einer der Küchenschubladen.

Jetzt geht's ans Geldverdienen, dachte sie übermütig. Man konnte dem Herrgott gar nicht genug für seine Güte danken – und Frau Hübner natürlich genauso. Dann ging sie mit hoch erhobener Schere ins Schlafzimmer.

14

Nach dem Kondolenzbesuch bei Mandy, den sie gerade hinter sich gebracht hatte, fühlte Berta sich völlig ausgelaugt. Die Arme war am Boden zerstört, aber wer wollte ihr das verdenken? Müde stieß sie die Eingangstür von *Haus Sonnenberg* auf.

»Guten Tag, Frau Meier. Schön, dass Sie wieder da sind.« Wie üblich saß Frau Neumann auf ihrem Stammplatz im Aufenthaltsraum und begrüßte sie mit herzlichem Lächeln. »Ich bin schon gespannt, wie es weitergeht.«

»Ich wünschte, ich könnte das Gleiche von mir behaupten«, sagte Herr Allgaier nach einem undeutlichen Knurren, das wohl eine Begrüßung sein sollte. »Aber tun Sie sich keinen Zwang an. Wenn Sie diese biblischen Mord-und-Totschlag-Geschichten unbedingt lesen wollen, kann ich Ihnen auch nicht helfen. Ich konzentriere mich derweil auf glaubwürdigeren Lesestoff.« Demonstrativ nahm er seine Zeitung vom Couchtisch, faltete sie auseinander und verschanzte sich brummelnd hinter der Titelseite mit der Schlagzeile *Mordopfer als Kebab entsorgt?*

Glaubwürdigerer Lesestoff, du lieber Himmel. Berta durchfuhr ein Schauer. Diese Kebab-Story klang wie eine Szene aus einem Horrorfilm. Keine Ahnung, was Herr Allgaier an solchermaßen aufreißerischen Artikeln lesenswert fand.

Schalkhaft zwinkerte sie der alten Dame auf dem Sofa zu und nahm auf dem Sessel neben ihr Platz. Schwungvoll klappte sie die Bibel an der mit einem Lesezeichen gekennzeichneten Stelle auf.

»So, Frau Neumann, dann wolln wir mal.«

Sie begann an der Stelle zu lesen, an der sie am Vortag aufgehört hatte: beim Auszug aus Ägypten.

Frau Neumann beugte sich auf dem Sofa interessiert nach vorn, um genau mitzukriegen, wie Moses die Israeliten mit Gottes Hilfe durch die Wüste bis ans Meer führte. Aufgeregt nippte sie an ihrem Kaffee, als der

Pharao seine Meinung änderte und die gesamte ägyptische Armee hinter den Ziehenden herhetzte. Erleichtert seufzte sie auf, als Moses mit seinem Stab das Meer teilte, sodass Gottes Volk trockenen Fußes ans andere Ufer wandern konnte, während die Verfolger bis auf den letzten Mann vom Wasser verschluckt wurden.

»Schrecklich«, murmelte sie blass, als Berta ihre Lesung beendet hatte. »Die armen Ägypter, mit Pferd und Wagen jämmerlich zu ertrinken. Aber sie waren selbst schuld. Warum sind sie auch hinter den Israeliten hergehetzt, nachdem sie ihnen zuerst erlaubt hatten heimzuziehen?«

»Allerdings«, meldete sich Herr Allgaier zu Wort und warf Berta einen vorwurfsvollen Blick zu. »Genau das frage ich mich auch: Warum haben sie das wohl getan?«

»Die Ägypter wollten ihre Sklaven wiederhaben.«

»So ein Glomb.« Herr Allgaier schnaubte durch die Nase. »Das glauben Sie doch selbst nicht. Wenn die Ägypter neue Sklaven gewollt hätten, dann hätten sie welche aus einem anderen Land geholt. Bestimmt nicht diese Israeliten, die ihnen bereits zehn verdammte Plagen an den Hals gehängt hatten, inklusive der toten Kinder. Die hätten sie sich mit Sicherheit nicht wieder ins Haus geholt. Im Gegenteil, verjagt hätt man die. Je weiter weg, desto besser.« Aufgeregt fuchtelte er mit der Zeitung. »Da steckt mehr dahinter, sag ich Ihnen.«

»Ich würde auch keine Haushaltshilfe noch mal einstellen, wenn sie vorher solches Unglück über mein Heim gebracht hätte.« Frau Neumann erhob sich und lächelte die beiden entschuldigend an. »Ich glaube, ich werde mich ein wenig hinlegen. Heute fühle ich mich etwas schwach, und die Geschichte war wirklich aufregend.«

Berta geleitete die alte Dame in ihr Zimmer.

»Sehen wir uns morgen?«, fragte Frau Neumann beim Abschied. »Ich kann es kaum abwarten zu erfahren, wie es weitergeht.«

»Kommen Sie morgen wieder?«, fragte auch Herr Allgaier, als sie sich verabschiedete.

Berta nickte. »Diese Geschichte ist interessant, nicht wahr?«

»A wa! So ein Glomb habe ich schon lange nicht mehr gehört. Dieser Moses braucht bloß den Stock zu heben und das Meer teilt sich. Sehr glaubhaft, ha, ha!« Er zog die buschigen Augenbrauen zusammen. »Aber morgen werde ich mal genau zuhören. Es wäre doch gelacht, wenn ich nicht herausfände, warum der Pharao diesen Sklaven plötzlich seine komplette Armee hinterherjagt, wo er sie zuerst hat gehen lassen.«

Berta schmunzelte. Selbst wenn er es sich in den Kopf gesetzt hatte, die Bibel zu widerlegen, so hörte Herr Allgaier jetzt immerhin zu. Wer hätte das gedacht?

Fröhlich summend verließ sie das Altenheim. Gottes Wege sind unergründlich, dachte sie, aber sie führen doch immer zum Ziel.

15

»Griaß Godd, Frau Schmid«, bahnte sich Frau Meiers Stimme unter der Türritze hindurch den Weg an Herrn Stempfles Ohr. Stirnrunzelnd versuchte der Juwelier, sich auf seine Zeitung zu konzentrieren, obwohl er den Artikel eigentlich auswendig kennen sollte, so oft, wie er ihn schon gelesen hatte. »Sie sehen so schick aus, gehen Sie mit einem Verehrer aus?«

Müde schloss er die Augen und lehnte den Kopf gegen die lederbezogene Lehne seines Bürostuhls. Die

Nachricht von Gottfried Erbeles gewaltsamem Tod hatte ihm gehörig zugesetzt. An all dem war die Schneeprinzessin schuld, dessen war er sich sicher. Die Polizei übrigens auch, wenn man dem Journalisten Glauben schenken durfte. Nun ja, viel Grips brauchte man für diese Erkenntnis nicht zu haben. Wegen wertvoller Diamanten wurden schon seit Jahrtausenden die heimtückischsten Morde begangen.

»Mit einem feschen Mann ausgehen, schön wär's«, hörte er seine Verkäuferin antworten. »Ich gehe mit einer Bekannten ins Kino. Im Moment ist bei mir in puncto Liebe nicht viel los.«

»Eine gut aussehende junge Frau wie Sie hat doch bestimmt jede Menge Verehrer.«

»Schon, aber der eine ist tot und der andere verheiratet. Sie haben doch bestimmt von dem Mord an Gottfried Erbele gehört.«

»Was? Mit dem waren Sie ...? Ich dachte, er sei mit dieser Mandy Lovejoy verlobt.«

»Ja, das war er. Wir hatten uns mittlerweile getrennt. Schauen Sie mal, die habe ich von ihm zum Abschied bekommen.«

Juwelier Stempfle seufzte. Anscheinend zeigte Lisa jetzt die Ohrstecker vor, die er neulich für Erbele kreiert hatte. Der Mann war im besten Alter gewesen. Wer hätte gedacht, dass er nur noch kurze Zeit zu leben hatte?

»Fei, sind die schön. Eine bleibende Erinnerung an Ihre Freundschaft. Ich bin froh, dass Sie mittlerweile einen anderen Verehrer gefunden haben. Nur schade, dass er verheiratet ist. Sicherlich lebt er in Scheidung?«

Müde fuhr sich Herr Stempfle mit den Händen über die Augen. Diese Lisa brachte ihn mit ihren Amouren an den Rand der Verzweiflung. Es passte ihm überhaupt nicht, dass sie sich mit Erbele eingelassen und schamlos wertvolle Geschenke von ihm akzeptiert hatte, sogar hier im Laden vor der versammelten Kundschaft. Während ihrer Freizeit sollte sie flirten, so viel sie wollte, aber hier drinnen wollte er kein Techtelmechtel zwischen seiner Verkäuferin und einem Kunden. Lisa sah das allerdings anders und hatte seine Argumentation achtlos vom Tisch gefegt.

»Der Großteil aller Paare lernt sich am Arbeitsplatz kennen«, hatte sie ihm erklärt. »Wo soll ich meinem Zukünftigen denn sonst über den Weg laufen? Im Supermarkt?«

Dass eine hübsche junge Frau manchmal mit den Wimpern klimpern wollte, war Herrn Stempfle durchaus bewusst. Schließlich war er auch einmal jung gewesen. Aber bei der Vorstellung, dass eine betrogene Ehefrau ins Geschäft stürzen könnte, um seiner Verkäuferin die Haare auszureißen, brach ihm der kalte Schweiß aus. Hoffentlich war dieser verheiratete Mann, den sie sich an Land gezogen hatte, keiner seiner Kunden.

»Sie kennen ihn übrigens, Frau Meier«, wehte Lisas Stimme zu ihm hinüber. »Er ist einer Ihrer Auftraggeber.« Sie kicherte geheimnisvoll. »Mehr sage ich jetzt aber nicht. Bis morgen, und viel Spaß beim Rätseln!«

Verstehe einer die Frauen! Nach ihren Eskapaden mit dem Ermordeten hätte Herr Stempfle zumindest erwartet, dass sie nach seinem Tod eine Träne um ihn vergoss. Stattdessen hatte sie nun schon wieder einen anderen. Oder lief das schon die ganze Zeit gleichzeitig? Er schüttelte den Kopf und warf einen Blick auf die Uhr. Gleich sieben Uhr. Jetzt musste er nur noch abwarten, bis Frau Meier den Laden geputzt hatte, dann konnte auch er nach Hause gehen und die Beine hochlegen. Sicherlich das Beste nach all der Aufregung.

Zum hundertsten Mal an diesem Tag ergriff er die Zeitung, um den Artikel über Gottfried Erbeles Tod zu lesen.

»Darf ich mich zu Ihnen setzen?«, fragte Berta, nachdem sie die Stempfle'schen Geschäftsräume auf Hochglanz gebracht hatte. »Ich würde gerne etwas mit Ihnen besprechen.«

»Natürlich.« Er legte die Zeitung beiseite. »Worum geht's denn?«

Verblüfft sah er sie an, als sie die Schneeprinzessin auf den Tisch legte.

»Wie kommen Sie an den Stein?«, fragte er heiser, als sich seine erste Überraschung gelegt hatte. »Der Diamant gehört Herrn Erbele.«

»Ich weiß«, antwortete Berta und strich eine Haarsträhne zurück, die über ihre Augen gefallen war. »Als er gestern in diesem Club erschossen wurde, waren mein Neffe und ich dabei.«

»Sie waren in diesem Sexclub?«

Sie biss sich auf die Unterlippe. »Micha hat doch die Firma *Rundum Sorglos*. Er musste Herrn Erbele überwachen. Deshalb waren wir dort im *Blue Moon* und bekamen mit, wie der Mann auf ihn schoss.«

Der Juwelier nickte.

»Als die Schüsse fielen, standen wir so gut wie daneben. Micha nahm sofort die Verfolgung des Täters auf, während ich zu Herrn Erbele lief, um Erste Hilfe zu leisten. Aber da war nichts mehr zu machen, er lebte höchstens noch zwei Minuten.« Sie fuhr sich mit der Hand über die Augen, als wolle sie die Erinnerung an den Moment verwischen. »Als ich zu ihm kam, fing er an zu sprechen. *Nehmen Sie ... Jackentasche*, sagte er.«

»Und dort fanden Sie dann den Stein.«

»Wenn er gewollt hätte, dass die Polizei die Schneeprinzessin kriegt, hätte er das doch nicht zu mir gesagt, oder?«

Herr Stempfle antwortete nicht. Stirnrunzelnd betrachtete er den Diamanten, nahm ihn hoch und hielt ihn gegen das Licht. Sofort tanzten funkelnde Sterne durchs Zimmer. »Er sieht genauso aus wie die Schneeprinzessin, aber um sicher zu sein, müsste ich ihn unter der Lupe betrachten.« Er warf ihr einen fragenden Blick zu. »Darf ich?«

»Natürlich. Deshalb bin ich ja hier.« Sie erhob sich und folgte dem Juwelier zu seinem Arbeitstisch. »Wenn Sie die Schneeprinzessin schon mal gesehen haben und dieser Stein hier genauso aussieht, warum müssen Sie ihn dann noch einmal mit der Lupe untersuchen?«

Er warf ihr einen irritierten Blick zu. »Wissen Sie nicht, dass es eine Kopie gibt?«

Erstaunt zog sie die Augenbrauen hoch. »In der Zeitung stand nichts von einer Kopie. Nur, dass Gottfried Erbele die Schneeprinzessin als Hochzeitsgeschenk gekauft hat.« Sie beugte sich nach vorn, um besser sehen zu können, wie er das Schmuckstück untersuchte. »Das hieße also, dass dies hier eine Imitation sein könnte?«

Schweigend konzentrierte sich Herr Stempfle auf seine Arbeit.

»Es ist die Kopie des Diamanten«, erklärte er schließlich. »Mit bloßem Auge sind die beiden nicht zu unterscheiden. Sonst hat Herr Erbele nichts gesagt?«

»Warum?«

»Weil die richtige Schneeprinzessin irgendwo sein muss. Niemand weiß, wo er den Diamanten deponiert hat. Im Schließfach seines Hauses liege er jedenfalls nicht, steht in der Zeitung, und im Banksafe auch nicht.«

Villa ... alle ... Wald ... Bäume nicht.

Erbele hatte ihr das Versteck der echten Schneeprinzessin mitgeteilt, fiel es Berta wie Schuppen von den Augen. Aber wie sollte sie herausfinden, was seine Worte bedeuteten, geschweige denn den Diamanten an sich nehmen? Fragend sah sie Herrn Stempfle an. »War es falsch, dass ich den Stein mitgenommen habe?«

Er schüttelte den Kopf. »Herr Erbele hat Sie gebeten, diese Kopie an sich zu nehmen. Es war ein Geschenk, so sehe ich das jedenfalls. Was bringt es der Polizei zu wissen, dass Sie diesen Stein haben?«

Vorsichtig steckte sie die Imitation wieder ein. »Wissen Sie, Herr Stempfle, ich bin heilfroh, dass ich keinen millionenschweren Diamanten durch die Gegend trage, sondern eine harmlose Nachbildung. Jetzt kann ich ohne Angst vor einem Überfall nach Hause gehen.«

»Seien Sie sich nicht so sicher, sondern verstecken Sie ihn lieber gut«, zügelte Herr Stempfle ihre unschuldige Freude. Er rückte seine Brille zurecht. »Von der Kopie stand nichts in der Zeitung. Niemand außer uns weiß, dass Ihr Diamant eine Imitation ist, auch nicht der Killer.«

Die Handtasche fest unter den Arm geklemmt, hastete Berta quer durch Blaubeuren zurück nach Hause. Juwelier Stempfle hatte ihr mit seiner Bemerkung einen gehörigen Schrecken eingejagt. Auf die Idee, dass der Mörder jetzt hinter ihr her sein könnte, war sie nicht gekommen. Micha und sie würden ein gutes Versteck für den Stein finden müssen, bevor sie entschieden, wie sie in der Sache weiter verfahren sollten.

Nervös blickte sie um sich, aber die Schritte, die sie hinter sich gehört zu haben glaubte, mussten wohl Einbildung gewesen sein. Sie war mutterseelenallein auf der Straße, von den Bäumen, die die Straße säumten, einmal abgesehen.

Diese ständige Unruhe, wenn sie abends allein durch den Ort ging, musste sie sich abgewöhnen, schimpfte Berta sich selbst. Wer wurde schon auf offener Straße überfallen? Es war noch nicht einmal richtig dunkel.

Sie blickte zu den freundlich erleuchteten Fenstern von Michas Wohnung hoch.

Einbrüche waren etwas anderes, die kamen heutzutage öfters vor. Ohne Ketten und Sicherheitsschlösser an der Tür war man vor Dieben nicht mehr sicher, und auf die Polizei konnte man sich sowieso nicht verlassen. Bis die am Tatort eintrudelten, waren die Gangster über alle Berge. Vor ein paar Monaten war die Metzgerei überfallen worden, als die Metzgersleute gerade abends das Geschäft schließen wollten. Der Dieb lief immer noch frei herum und hatte das Geld bestimmt längst versoffen.

»Außer Aktenschreiben tun die fei nix, die Landjäger«, hatte der Metzger geschimpft, als sie neulich dort zwei Pärle Peitschenstecka erstanden hatte. »Schlafkappa sind das, alle miteinand.«

Jede Wette, dass auch der Killer aus dem *Blue Moon* ungeschoren davonkam, und falls nicht, würde er nach ein paar Jahren wegen guter Führung entlassen werden und harmlos in der Menge untertauchen. Sie überquerte die Straße und steckte den Haustürschlüssel ins Schloss. So viele Schlawiner gab's und so wenige gute Polizisten.

Wie sehr musste sich Juwelier Stempfle um die Auslagen in seinen Vitrinen sorgen, jetzt, da die Überwachungsanlage überraschend ausgefallen war. Heute Abend beim Abschließen hatte er es bemerkt, als sie gerade gemeinsam das Geschäft verlassen wollten. Zu allem Überfluss kam der Reparaturdienst erst nächste Woche. Typisch Handwerker. Seufzend öffnete sie die Tür. Jeder hatte eben sein Säggle zu tragen. Sie an seiner Stelle könnte aus Angst vor Juwelendieben die ganze Nacht nicht schlafen.

Unruhe machte sich in ihr breit, als der Lichtknopf im Treppenhaus auf ihren Fingerdruck nicht reagierte.

Sie bekam eine Gänsehaut. Die Szene erinnerte sie unliebsam an diese grauslichen Kriminalfilme, wo oben auf der Treppe der Mörder wartet.

Vorsichtig stieg sie die Stufen hoch, in der einen Hand die Handtasche mit der Kopie der Snow Princess, die andere Hand am Geländer. Auf halber Treppe befand sich ein Fenster, durch das von außen dämmriges Abendlicht ins Gebäude fiel. Der flüchtige Blick auf die Straße hinunter ließ Berta das Blut in den Adern gefrieren. Hastig trat sie einen Schritt zurück in das schummerige Dunkel des Treppenhauses.

Halb verdeckt vom Baum gegenüber stand jemand und sah direkt zu ihr hoch.

16

»Sehr schön«, murmelte Lisa und begutachtete ihre frisch lackierten Fingernägel. Dieses Neon-Pink war eine wirkliche Entdeckung, mal etwas Anderes als das klassische Rot, das sie normalerweise bevorzugte. Sie fächelte ihre gespreizten Finger zum Trocknen durch die Luft. Vielleicht sollte sie in Zukunft ein bisschen mehr wagen, beim Make-up wie bei den Männern.

Vorsichtig griff sie nach dem Weinglas, das halb gefüllt auf dem gläsernen Couchtisch stand, und führte es langsam zum Mund. Ein winziges Stück Kork trieb auf der Oberfläche, aber mit ihren frisch lackierten Nägeln war nicht daran zu denken, es herauszufischen. Hauptsache, es war keine Fliege. Das bisschen Kork würde sie schon nicht umbringen. Was sie sofort an Gottfried denken ließ, dem das Schicksal so grausam mitgespielt hatte. Sie seufzte. Erst vorgestern waren sie in seiner Villa zusammen gewesen, hatten gelacht, sich geliebt, Champagner getrunken. Wie warm sein Körper sich angefühlt hatte, als ihre Hände ihn gestreichelt hatten, wie lebendig. Nun war er tot, einfach nicht mehr da, von einer Sekunde auf die nächste.

Ein Schauer überlief sie. So geht's, durchflutete sie die bittere Erkenntnis. Von einem Moment zum anderen konnte es aus sein. Immerhin hatte Gottfried etwas aus seinem Leben gemacht, im Gegensatz zu ihr. Er war reich, einflussreich, verlobt. Und sie? Was hatte sie bisher erreicht?

Missmutig blickte sie auf den Saphirring an ihrem Ringfinger, den sie sich selbst gekauft hatte – in ihrem ersten Jahr bei Juwelier Stempfle – weil er so gut zu Jeans und ihren blauen Augen passte. Wahre Ewigkeiten lag das schon zurück. Wer hätte damals gedacht, dass sie mit fast dreißig immer noch keinen Ehemann hätte?

Gottfried würde ihr keinen Ring mehr an den Finger stecken können. Blieb also Ludwig Eberstein, und der war verheiratet. Sie machte sich nichts vor. Er war nicht der einzige Mann um die fünfzig, der sich mit einer Liebelei die Midlife-Crisis versüßte, aber ihre biologische Uhr tickte. Sie wollte heiraten und ein Baby.

Sex von zwölf bis eins, das war ihr tägliches Ritual mit Ludwig. Eine Stunde später stand sie dann im Juwelierladen und lächelte die Kunden an. Seit Jahren ging das schon so. Schlag zwölf, sobald seine Sprechstundenhilfe in die Mittagspause gegangen war, schlich der allseits respektierte Arzt in ihre Wohnung hoch, um sich ein Stündchen verwöhnen zu lassen. Lisa konnte gar nicht mehr zählen, wie oft sie dort auf ihn gewartet hatte, nackt, in Strapsen und mit einer Salamipizza im Ofen. Der Herr Doktor war ein hungriger Mann, in jeder Beziehung.

Sie verzog den Mund. Dass seine Frau ihn sexuell nicht mehr reizte, war klar. Andererseits schien er sich nicht gerade darum zu reißen, die Scheidung einzureichen. So unglücklich war er mit seiner Angetrauten anscheinend doch nicht. Selbst als sie ihm neulich scherzhaft angedroht hatte, ihre mittäglichen Sex-Spielchen publik zu machen, wenn er nicht endlich Nägel mit Köpfen machte, hatte er nur mit den Achseln gezuckt und das Thema gewechselt. Aber so einfach gab sie nicht auf. Nach all den Jahren als sein Betthäschen wollte sie mehr. Er brauchte sich nicht einzubilden, sie mit einem Achselzucken abfertigen zu können.

Nachdenklich betrachtete sie ihr Weinglas. Was, wenn umgekehrt Frau Hübner-Eberstein nun unglücklich mit ihm wäre? Wenn sie herausfände, dass ihr biederer Göttergatte fremdging? Ein heißer Adrenalinschauer durchschoss ihren Körper. Die beiden würden sich scheiden lassen und ihrer eigenen Ehe mit Ludwig stünde nichts mehr im Weg. Ein feines, boshaftes Lächeln umspielte ihre Mundwinkel. Dann wollte sie doch mal sehen, dass Herrn Dr. Ebersteins Geheimnisse nach so vielen Jahren endlich ans Licht kamen.

Feierlich erhob sie ihr Glas. »Auf Ludwigs bevorstehende Scheidung – und auf mich, die zukünftige Frau Dr. Eberstein.«

»Hübner-Eberstein.«

»Hotel-Restaurant *Blaubeurer Hof* hier«, flötete Lisa in den Hörer, ganz die professionelle Hotel-Rezeptionistin. »Gut, dass Sie selbst am Apparat sind, Frau Doktor. In unserer Garderobe ist eine Stola hängengeblieben, und da Sie am Freitagabend mit Ihrem Herrn Gemahl bei uns im Restaurant waren, dachten wir, dass sie vielleicht Ihnen gehört. Eine rosafarbene Cashmerestola mit Fransen.«

Am anderen Ende der Leitung blieb es still. Ungläubig still, lächelte Lisa. Die Gute musste erst mal kapieren, was sie da gerade gesagt hatte. »Frau Hübner-Eberstein, sind Sie noch am Apparat?«

»Ja, natürlich«, klang es lahm aus dem Hörer. Die liebe Frau Doktor war wieder zu sich gekommen. »Rosa mit Fransen, sagen Sie? Nein, tut mir leid, die Stola gehört nicht mir. Ein anderer Gast muss sie wohl vergessen haben.«

»Dann entschuldigen Sie bitte die Störung. Einen schönen Abend noch, und beehren Sie uns bald wieder.«

Grinsend legte sie auf. Besser hätte es nicht klappen können. Wenn Ludwigs Frau nicht völlig auf den Kopf gefallen war, würde sie zwei und zwei zusammenzählen und merken, dass er mit einer anderen im *Blaubeurer Hof* gewesen war. Sie würde ihrem Göttergatten die Hölle heiß machen. Ludwig konnte einem fast schon leid tun.

Wohin sollte der arme Kerl schon flüchten als zu ihr? Verträumt schloss Lisa die Augen. Bald schon würde sie als strahlende Braut aus der Kirche treten, ganz in Weiß und Seite an Seite mit dem lächelnden Dr. Eberstein.

Der melodische Glockenton der Haustürklingel schreckte sie aus ihren rosaroten Wunschträumen auf. Es war Zeit, einen Abend mit Johnny Depp zu genießen. Draußen stand ihre Bekannte, um sie fürs Kino abzuholen.

17

»Bist du sicher, dass du dort unten jemanden gesehen hast?«, fragte Micha, der am Fenster stand und mit scharfem Blick die Straße absuchte. »Ich kann niemanden entdecken.«

»Natürlich bin ich sicher«, empörte sich seine Tante, die sich auf den Schreck hin gleich mal einen Schlehengeist eingegossen hatte. »Jemand stand hinter dem Baum und schaute genau zu mir hoch. So was bilde ich mir doch nicht ein.« Vorsichtig nippte sie an ihrem Glas und schüttelte sich, als der Edelbrand heiß ihre Kehle hinunterlief. »Ich frage mich, wer das gewesen ist.«

»Wahrscheinlich ein Hundebesitzer, der mit seinem Dackel Gassi ging.« Micha ließ sich neben sie aufs Sofa plumpsen. »Der Killer von gestern kann es jedenfalls nicht gewesen sein.«

»Wieso?«

»Weil unser Name nicht in der Zeitung stand. Deshalb kann er auch nicht wissen, wer wir sind und wo wir wohnen.«

Das Argument hatte Hand und Fuß. Erleichtert lehnte sich Berta in die Sofakissen zurück.

»Stimmt, wahrscheinlich war es wirklich nur ein harmloser Spaziergänger. Trotzdem: Gottfried Erbeles Mörder könnte noch mal zum *Blue Moon* zurückgekommen und uns bis nach Hause gefolgt sein.« Sie seufzte. »Herr Stempfle hat mir geraten, die falsche Schneeprinzessin gut zu verstecken. Außer uns weiß niemand, dass das nur eine Kopie ist. Was meinst du, wo wir den Stein aufbewahren sollen?«

Nachdenklich ließ sie ihren Blick durch den Raum schweifen. Nichts schien als Versteck besonders geeignet zu sein. »Im Schreibtisch schon mal nicht, und im Bücherschrank auch nicht. Da sucht jeder Dieb als erstes. Gar nicht einfach, so einen Klunker unauffällig zu lagern.«

»Wie wär's mit dem Gummibaum?«

»Dem Gummibaum?«

»Wenn wir die falsche Prinzessin in der Topferde verstecken, ist sie sicher wie in Abrahams Schoß.«

»So machen wir's«, entschied seine Tante und schritt sofort zur Tat. Ein besseres Versteck würden sie so schnell nicht finden.

Wenige Minuten später hatte sie die funkelnde Imitation nicht nur liebevoll zwischen den Wurzeln eingebettet und mit Blumenerde bedeckt, sondern gleich noch gegossen. Zufrieden betrachtete sie ihr Werk.

»Das hatte der Baum sowieso nötig.« Unternehmungslustig sah sie ihren Neffen an, der sich gerade sein abendliches Bier eingießen wollte. »Jetzt müssen wir nur noch bei Lisa Schmid einbrechen.«

»Du kannst doch nicht einfach in die Wohnung dieser Frau Schmid einsteigen«, maulte Micha und schaltete in den dritten Gang. »Und obendrein von mir verlangen, dass ich bei so etwas Verbrecherischem mitmache.«

»Erstens steige ich dort nicht ein, sondern ich habe einen Schlüssel, und zweitens sollst du mich lediglich vors Haus fahren.« Seine Tante warf ihm einen vorwurfsvollen Blick von der Seite zu. »Das ist wirklich nicht zu viel verlangt. Die Aktion dauert höchstens fünfzehn Minuten.«

»Woher weißt du überhaupt, dass sie nicht zu Hause ist?«

»Weil sie es mir gesagt hat. Sie geht mit einer Bekannten ins Kino.«

Micha kam mit dem Wagen vor dem Mietshaus zum Stehen, in dem Lisa Schmid ihre Wohnung hatte. Unten neben der Haustür blinkte Dr. Ebersteins Praxisschild im Schein der Außenbeleuchtung. Demonstrativ blickte er auf die Uhr. »Fünfzehn Minuten und keine Sekunde länger. Die Uhr läuft.«

Kopfschüttelnd schloss Berta die Haustür auf. Der Bua war heute Abend wirklich schlecht gelaunt. Wahrscheinlich ärgerte er sich, dass er wegen dieser kleinen Spritztour sein Bier auf später verschieben musste.

Flink stieg sie die Treppe hoch. Für alle Fälle sandte sie ein eiliges Gebet zum Herrgott, damit nicht ausgerechnet in diesem Moment eine der Türen aufging und jemand sie hier im Treppenhaus erwischte. Schließlich hatte sie hier nichts zu suchen. Aus den Wohnungen der anderen Mieter erklang gedämpftes Fernsehgeräusch und vereinzeltes Tellerklappern. Unbehelligt erreichte sie Lisa Schmids Wohnungstür.

Gut, dass sie den Schlüssel an Dr. Ebersteins Schlüsselbrett entdeckt hatte. Ohne den stünde sie jetzt dumm da. Lautlos öffnete sie die Tür und schlüpfte in den dunklen Flur. Dann knipste sie ihre Taschenlampe an.

»Und? Wie viele Minuten waren es?«, fragte Berta, als sie wieder zu ihrem Neffen in den Wagen stieg.

»Dreizehn«, antwortete Micha, der sich wieder beruhigt hatte. »Ich hätte wetten können, dass du länger brauchst. Was hast du da oben überhaupt gemacht?«

Triumphierend schwenkte sie einen Schlüsselbund vor seiner Nase. »Ich habe Gottfried Erbeles Haustürschlüssel geholt.«

Micha pfiff leise durch die Zähne. »Woher wusstest du, dass diese Lisa den hat?«

»Hörst du eigentlich hin, wenn ich dir etwas sage? Ich habe dir lang und breit erzählt, was ich beim Gassigehen mit Sir James beobachtet habe.« Sie verstaute die kostbare Beute in ihrer Handtasche. »Lisa schloss Erbeles Haustür auf und schlich hinein. Dann kam sie wieder nach draußen, zog die Tür hinter sich zu und drückte auf den Klingelknopf.«

»Stimmt«, sagte Micha und startete den Motor. »Ich erinnere mich. Irgendwie merkwürdig, diese Sache. Überhaupt – eigentlich hätte Erbele ihr den Schlüssel nach seiner Verlobung abnehmen müssen. Stell dir mal vor, Mandy wäre gerade bei ihm gewesen, und dann spaziert diese Lisa mit ihrem Schlüssel zur Tür herein.«

»Sag ich doch. Daher ihr kleines Schauspiel mit dem Klingelknopf. Er sollte denken, sie hätte keinen Schlüssel dabei, dann konnte er ihn ihr auch nicht abnehmen. Ich wette, sie wollte noch mal heimlich in die Villa gehen.«

Micha wandte den Blick von der Fahrbahn und sah seine Tante scharf an. »Denkst du, was ich auch denke?«

Sie nickte. »Guck lieber nach vorn, sonst fährst du uns noch an den nächsten Baum. Lisa ahnt mit Sicherheit, dass die Schneeprinzessin in der Villa versteckt ist. Mit dem Schlüssel hätte sie dort jederzeit auf Diamantensuche gehen können.«

Micha runzelte die Stirn. »Das heißt aber, dass sie merkt, dass der Schlüssel weg ist, wenn sie dorthin gehen will.«

»Na und? Sie wird sich denken, dass sie ihn irgendwie verlegt hat. Schließlich weiß sie nicht, dass ich mir kurz ihren Zweitschlüssel aus Dr. Ebersteins Praxis geliehen habe. Der hängt jetzt brav wieder dort am Schlüsselbrett als wäre er nie fort gewesen.«

Micha schüttelte stumm den Kopf. Was sollte man da noch sagen? Gegen Tante Berta war wirklich kein Kraut gewachsen.

18

Ludwig Eberstein konnte gerade noch die Wohnzimmertür hinter sich schließen, da krachte schon die Vase, die seine Frau ihm hinterherschmiss, klirrend gegen das Holz und zerschellte in tausend Stücke. Wütend stürmte er die Treppe hoch ins Schlafzimmer und warf sich aufs Bett.

Das würde Lisa bitter bereuen. Er zog die Augen zu ärgerlichen Schlitzen zusammen. Wenn die sich einbildete, er wüsste nicht, was hier gespielt wurde, war sie gehörig auf dem Holzweg. Sein Puls raste vor Aufregung. Jahrelang hatte Margot nichts gemerkt, und jetzt das. Weiß der Himmel, was dieses kleine Flittchen sich dabei gedacht hatte, sich in seine Ehe einzumischen.

Genervt stand er auf und goss sich einen Whisky ein, der in einer Karaffe auf dem Fensterbrett stand. Er gönnte sich jeden Abend einen Doppelten als Einschlafhilfe – eine alte Angewohnheit – aber jetzt war an Schlaf natürlich nicht zu denken.

Augenblicklich beruhigte der Alkohol seine angespannten Nerven und lenkte seine Gedanken auf vernünftige Bahnen zurück. Er holte tief Luft. Seit Jahren ging er mit seinen Geliebten in den *Blaubeurer Hof* zum Essen, wegen der ganz besonderen Diskretion, die das Restaurant in diesen Dingen walten ließ. Jeder Angestellte bis zum letzten Kellner wusste dort, dass Lisa nicht seine Ehefrau war. Jeder einzelne. Niemals hätte eine der Rezeptionistinnen bei ihm zu Hause angerufen, um seine Frau auf ein liegengelassenes Kleidungsstück aufmerksam zu machen.

Blieb also Lisa selbst, die am Freitagabend sogar eine solche Fransenstola getragen hatte. Er schenkte sich einen weiteren Whisky ein, den er in einem Zug hinunterkippte. Später, als sie nach dem Restaurantbesuch in ihrem Schlafzimmer gelandet waren, hatte sie die Stola achtlos zu Boden gleiten lassen und raffiniert langsam wie immer die Knöpfe seines Hemdes geöffnet. Wütend knallte er das Glas auf den Tisch. Diese Schlange wollte einen Keil zwischen ihn und seine Frau treiben, um Margot dazu zu bringen, die Scheidung einzureichen.

Einen anderen Grund gab es nicht, schließlich hatte sie in letzter Zeit oft genug von Heirat gesprochen. Als ob er sich wegen dieser einfältigen Schnepfe scheiden ließe. Eine steile Falte bildete sich zwischen seinen

Brauen. Sie würde sich nicht einfach so abservieren lassen, schon gar nicht, wenn sie mitkriegte, dass er sich außer ihr noch eine weitere Freundin hielt.

Seine neue Sprechstundenhilfe war ein echter Glücksfall, der heißeste Feger, dem er je unter den Rock gefasst hatte. Für ein paar extra Urlaubstage und einen kleinen Sonderbonus machte die alles, was er wollte, so oft er wollte – und sie quasselte ihm nicht das Ohr von Heirat voll.

Lisa war ein anderes Kaliber. Wenn die Kleine wütend wurde, konnte sie unberechenbar werden. Dieser Telefonanruf bei seiner Frau war nur der Anfang. Neulich hatte sie bereits gedroht, dafür zu sorgen, dass der ganze Landkreis von den täglichen Sexspielchen in ihrer Wohnung über der Praxis erfuhr, wenn er sich nicht scheiden ließ – und einen Skandal vor allen Patienten und den Freunden im Tennis Club konnte er sich nicht leisten.

Wie also sollte er sie loswerden? Gedankenverloren setzte er sich aufs Bett. Sollte er ihr einen großzügigen Betrag anbieten, eine Art Abfindung sozusagen, und sie ins nächste Flugzeug nach Amerika setzen? Lieber nicht, die Sache war zu unsicher. Wer wusste schon, ob sie den Flieger überhaupt besteigen würde, und womöglich wollte sie dann für alle Zeiten von ihm Geld, damit sie weiterhin den Mund hielt. Er trommelte mit den Fingern auf dem Nachttisch, während er seine verschiedenen Optionen durchdachte, aber er kam immer wieder zum gleichen Ergebnis: Alles in allem war es das Beste, wenn die gute Lisa aus dem Blautal verschwand, auf Nimmerwiedersehen. Wer nicht mehr da war, konnte auch nicht für Aufruhr sorgen.

Er presste die Lippen zusammen. Jetzt musste er nur noch darüber nachdenken, wie er das anstellen sollte.

Deischdig

19

»Fühlen Sie sich heute ein wenig besser, Frau Neumann?«, fragte Berta die alte Dame, die blass und durchscheinend in der Sofaecke saß. »Wenn nicht, bringe ich Sie gerne in Ihr Zimmer.«

»Nein, nein. Ich bin extra für Sie aufgestanden. Ihre Bibellesung ist für mich einer der Höhepunkte des Tages.«

Berta lächelte. »Das freut mich, und ganz besonders, dass wir heute einen weiteren Zuhörer haben.«

Im Sessel neben ihr hatte es sich Herr Allgaier gemütlich gemacht, diesmal ohne Zeitung.

»Wie ich Ihnen bereits gesagt habe, interessiert es mich, warum dieser Pharao seine Meinung geändert und den Israeliten seine Armee hinterhergejagt hat. Es wäre doch gelacht, wenn sich das nicht herausfinden ließe.«

»Ehrlich gesagt ist in den nächsten Kapiteln keine Rede mehr vom alten Ägypten«, wandte Berta ein. »Ich glaube nicht, dass die heutige Bibellesung Ihre Frage beantwortet. Aber interessant ist sie trotzdem, das kann ich Ihnen versichern.«

»Wie auch immer, ich habe mir vorgenommen, heute richtig hinzuhören, und deshalb mache ich das auch.« Herr Allgaier verschränkte die Arme vor der Brust. »Von mir aus kann's losgehen.«

»Sehr schön.« Berta schlug die Bibel auf, um ihren Zuhörern von dem langen Weg durch die Wüste zu berichten, der die Israeliten erwartete, bevor sie vor dem Berg Sinai ihr Lager aufschlugen. Wie Moses auf den Berg stieg, wo Gott ihm die Zehn Gebote und andere

Rechtsvorschriften gab. Wie das Volk während seiner langen Abwesenheit ein goldenes Kalb anfertigte, das sie verehrten. Wie wütend Moses bei seiner Rückkehr geworden war, als er die Israeliten in Anbetung der Götzenstatue gefunden hatte, und wie er das Standbild zerstören und zu Gottes Ehren eine heilige Wohnstätte mit Gerätschaften aus purem Gold anfertigen ließ.

»Die Priester erhielten Gewänder, die aus Gold, violettem und rotem Purpur, Karmesin und Byssus gewirkt wurden«, erklärte sie ihren staunenden Zuhörern. »Ihre Lostaschen waren mit vier Reihen in Gold gefasster Edelsteine besetzt.«

»Was ist Byssus?«, erkundigte sich Frau Neumann aus ihrer Sofaecke heraus.

»Eine Art Seidenstoff«, wusste Herr Allgaier. »Ich glaube, er wird aus einem Sekret hergestellt, das Muscheln absondern.«

»Was es alles gibt. Davon habe ich noch nie gehört.«

»Neulich bin ich beim Kreuzworträtseln darüber gestolpert, vorher hatte ich auch keine Ahnung.« Er warf Berta einen kritischen Blick zu. »Mich würde mal interessieren, wo die Israeliten das ganze Gold herhatten und die vielen Edelsteine.«

»Wieso?«

»Überlegen Sie doch mal, die waren seit vierhundert Jahren arme, unterdrückte Leibeigene. Oder habe ich das falsch verstanden?«

»Das ist richtig, die Ägypter hielten sie als Sklaven.«

»Na also. Woher hatten sie dann das viele Gold, um diese Statue zu machen? Und dann noch haufenweise mehr Gold, Edelsteine, Purpur und das ganze Glumb, um Gottes Heiligtum auszustatten? Können Sie mir das mal erklären?«

Berta sah ratlos in die Runde. »Ehrlich gesagt, weiß ich das jetzt auch nicht auf Anhieb. Warum trinken wir nicht in Ruhe zusammen einen Tee, und ich blättere derweil ein wenig in den vorherigen Kapiteln?« Sie sah ihre Zuhörer aufmunternd an. »Bestimmt finde ich dort die Lösung.«

Während Herr Allgaier eine Kanne Tee aus der Küche holte, vertiefte sie sich in aller Ruhe noch einmal in die Geschichte mit den zehn Plagen, die Gott über Ägypten verhängt hatte. Als sie schon fast aufgeben wollte, nach vielen Keksen, zwei Tassen Tee und mehrfachem: »Und? Haben Sie's gefunden?«, entdeckte sie den Eintrag endlich: Der ganze Reichtum kam von den alten Ägyptern.

»Ha!«, rief Herr Allgaier. »Sagen Sie bloß, die haben den Israeliten ihre Schätze freiwillig gegeben. Das glaube ich nie und nimmer.«

»Doch, so wie's aussieht, haben sie das getan. Nach der letzten Plage, genau vor dem Auszug der Israeliten.«

»Vorlesen! Das will ich hören.«

»Na gut«, seufzte Berta und las: »Die Israeliten taten, was Mose gesagt hatte. Sie erbaten von den Ägyptern Geräte aus Silber und Gold und auch Gewänder. Der Herr ließ das Volk bei den Ägyptern Gunst finden, sodass sie auf ihre Bitte eingingen. Auf diese Weise plünderten sie die Ägypter aus.«

»Wusste ich's doch«, jubilierte Herr Allgaier. »Sie plünderten sie aus! Von wegen freiwillig!«

»Vielleicht ist das nur ein altmodisches Wort«, meldete sich Frau Neumann mit zarter Stimme zu Wort. »Es steht doch deutlich im Text, dass Gott ihnen half, damit die Ägypter ihnen wohlgesonnen waren.«

»Also, Frau Neumann, stellen Sie sich doch mal bildlich vor, wie das damals war: Die alten Ägypter beugen sich weinend über die toten Kinder, da kommen ihre Sklaven an und fragen, ob sie ein wenig Gold und Schmuck mit auf die Reise nehmen können.« Aufgeregt holte er Atem. »Und kaum haben sie ihre Trauer überwunden, merken sie, dass die Schlawiner nicht nur ein wenig Gold und Silber mitgenommen haben, sondern dass sie von ihnen ausgeplündert wurden.« Er schlug mit der Faust auf den Tisch, dass die Platte wackelte. »Kein Wunder, dass der Pharao seine Armee hinter den Gaunern herhetzte.«

»Wissen Sie was«, sagte Berta. »Ich bin übermorgen wieder hier. Wenn wir Glück haben, ist dann auch der Pfarrer zu seinem wöchentlichen Nachmittagsbesuch im Haus. Warum fragen wir ihn nicht einfach um Rat? Er kann uns das sicher erklären.«

»Gut, dann fragen wir eben den Pfarrer.« Schwungvoll rührte Herr Allgaier Zucker in seinen Tee. »Ich wette, er hat genauso wenig Ahnung wie Sie.«

20

Sein Lieblingscafé war immer einen Ausflug wert, fand Micha, besonders wenn man sich ein Croissant zum Cappuccino gönnte. Zufrieden sog er den aromatischen Duft nach frisch gerösteten Kaffeebohnen ein, der verführerisch aus der Tasse in seine Nase wehte, und genoss von seinem Platz den Blick auf die Passanten.

»Was für ein Zufall, dass wir uns hier treffen«, holte ihn eine glockenhelle Stimme vom Nachbartisch aus seiner Cappuccino-Seligkeit. »Darf ich mich zu Ihnen setzen?«

Irritiert sah er auf. Sieh an, Sabine Eberstein war auch hier. »Natürlich«, grinste er und bot ihr einen Stuhl an. »Kommen Sie öfters her?«

Sie setzte sich ihm gegenüber, schlug die wohlgeformten Beine übereinander und stellte ihre heiße Schokolade vor sich auf den Tisch. »Ab und zu, wenn ich mal fünf Minuten erübrigen kann.«

Micha lachte. »Lässt Ihr Vater Sie so schwer schuften?«

»Nein, der Job als Sprechstundenhilfe ist nicht allzu schwer, aber nebenher schreibe ich Artikel für eine Zeitung. Da muss ich immer zur rechten Zeit am rechten Ort sein, nach meinem Arbeitstag in der Praxis. Gut, dass Vaters Sprechstundenhilfe in ein paar Tagen wiederkommt. Auf Dauer ist diese Doppelbelastung ein bisschen anstrengend.«

»Das glaube ich.« Micha schob seinen Teller mit dem Croissant in die Tischmitte. »Probieren Sie ruhig, es schmeckt köstlich.«

»Ich nehme zu, wenn ich Croissants nur ansehe«, erklärte Sabine und tunkte ihren Löffel tief in die üppige Sahnehaube auf der heißen Schokolade. »Obwohl das hier auch nicht gerade der große Schlankmacher ist. Wir Frauen sind manchmal etwas unlogisch, wenn's um Essen und unsere Figur geht.«

Micha ersparte sich eine Antwort und machte sich über das Croissant her. Seiner Meinung nach hatte Sabine Eberstein eine Topfigur, absolut erste Klasse. Na gut, vielleicht hier und da etwas kurvenreicher als diese ausgezehrten Supermodels, die die Laufstege in Mailand und Paris unsicher machten, aber wer stand schon auf Haut und Knochen? Er jedenfalls nicht.

Dass seine Klientin bemerkenswert gut aussah, war ihm schon neulich aufgefallen, als sie in sein Büro gekommen war. Glänzendes Haar, zarte Haut, rehbraune Augen, und dann dieser Gang!

»Ich hoffe, Sie verstehen, dass ich Ihnen das restliche Geld für den Auftrag nicht geben kann«, holte ihn ihre Stimme zaghaft aus seinen Träumereien. Sie schlang eine sandfarbene Haarsträhne um ihren Finger.

»Da Gottfried Erbele tot ist, hat sich die Sache erledigt. Die Hochzeit findet jetzt so oder so nicht statt, deshalb dachte ich …«

Süß, wie sie da herumstotterte! Micha war plötzlich heilfroh, dass die geschäftliche Beziehung nicht mehr zwischen ihnen stand.

»Kein Problem. Das hatte ich mir sowieso schon gedacht.« Jetzt oder nie! »Sie hätten nicht zufällig Lust, heute Abend mit mir auszugehen?«

21

Mit einem Ruck fuhr Lisa aus dem Schlaf hoch.

»Ludwig«, entfuhr es ihr, als sie merkte, wer sie geweckt hatte. »Was machst du denn hier?« Sie tastete nach ihrer Nachttischlampe.

»Lass das Licht aus«, flüsterte er heiser in ihr Ohr. »Es braucht keiner zu wissen, dass ich hier bin.«

Warum so geheimnisvoll? Schließlich kam er auch sonst jeden Mittag auf ein Schäferstündchen zu ihr hoch. Allerdings war es jetzt mitten in der Nacht.

»Ist deine Frau verreist?«

»Nein, nicht verreist«, sagte er mit dieser eigenartig rauen Stimme. Er setzte sich neben sie auf die Bettkante. »Sie ist unten im Auto, in einen Teppich gerollt.«

Lisa starrte ihn an. Mein Gott, er hatte sie umgebracht! Damit hatte sie nicht gerechnet. Er hatte sie tatsächlich umgebracht. Die beiden mussten wegen der Blaubeurer-Hof-Sache in Streit geraten sein. Sie stöhnte. Dass ihr kleiner Trick so enden würde, hatte sie nicht kommen sehen.

»Lisa, hörst du mich?«, drang seine Stimme beschwörend an ihr Ohr. »Du musst mir helfen, die Leiche loszuwerden.«

»Ich?« Sie fröstelte, obwohl sie noch immer im warmen Bett lag. Das meinte er hoffentlich nicht im Ernst. »Ich will damit nichts zu tun haben.«

»Du musst aber«, beharrte er. »Für mich allein ist sie zu schwer. Der Teppich wiegt schon so viel, dass man ihn kaum schleppen kann, und mit ihr drin ...« Er begann, ihren Nacken zu massieren.

Langsam entspannte sie sich unter dem Druck seiner Hände, die schmeichelnd ihren Haaransatz streichelten. Er hat recht, schoss es ihr durch den Kopf, die Tote muss weg. Schnellstmöglich und auf Nimmerwiedersehen.

»Was machen wir mit ihr?«, fragte sie und richtete sich auf. »Im Wald vergraben?«

»Zu mühsam«, erklärte er knapp und ließ von ihrem Nacken ab. »Der Boden ist voller Wurzeln.«

Er ging zum Schrank und riss Jeans, Unterwäsche und ein Sweatshirt heraus.

»Komm, zieh dich an.« Er warf die Kleider zu ihr aufs Bett. »Wir haben nicht viel Zeit, bevor der Morgen graut. Schließlich soll nicht ganz Blaubeuren mitkriegen, dass wir eine Tote im Kofferraum haben.«

»Verdammt, das ist ja mein Wagen«, entfuhr es Lisa, als sie die Bescherung bemerkte: Der Perser lag wohlverschnürt im Kofferraum ihres Mercedes GLK 350. »Wieso hast du denn nicht dein Auto genommen?«

»Es ist in der Werkstatt«, antwortete er kurz. »Die Bremsen.«

Ach, und da war er einfach hergekommen und hatte sich ihren Wagen ausgeborgt? Lisa ließ sich auf den Beifahrersitz sinken. Sie hätte ihm nie den Zweitschlüssel geben dürfen. Aber was hätte sie tun sollen, als er ihn eingefordert hatte? Schließlich hatte er den Wagen bezahlt. »Ist das etwa auch mein Teppich, in den du sie gewickelt hast?«

Ludwig schaltete wie abwesend in den ersten Gang. »Sei doch vernünftig. Du hast mir den Teppich letzte Woche doch förmlich aufgezwungen, damit ich ihn entsorge.«

»Und warum hast du's nicht gemacht?«

»Ich bin ja dabei. Genau in diesem Moment.«

Eine Weile fuhren sie schweigend, zuerst auf die Alb nach Feldstetten, dann weiter nach Donnstetten. Als er an der Schlatterhöhe nach rechts in Richtung Schopfloch, Ochsenwang abbog, dämmerte es ihr, wohin er wollte.

Auf den Breitenstein? Mitten in der Nacht? Sie sah die Zufahrtstraße aus dem Dunkel vor ihnen auftauchen. Lisa spürte Panik in sich aufkommen; vor Aufregung wurden ihre Hände feucht. Wenigstens waren sie allein auf der Straße. So konnte niemand nachweisen, dass ihr Wagen heute Nacht hier gewesen war, aber entspannt war sie deshalb noch längst nicht.

»Wir fahren jetzt da rauf und werfen Margot den Trauf runter.« Ludwig sprach so beiläufig, als rede er vom Wetter. »Dann ist sie weg.«

Er ist verrückt. Lisa lief ein Schauer den Rücken hinunter. Komplett irre.

»Selbst wenn ihn jemand da unten im Gebüsch liegen sieht – kein Mensch wird denken, dass das etwas anderes ist als ein alter Teppich.« Er verzog den Mund. »Es hat eine ganze Weile gedauert, ihn so zu verschnüren.«

Lisa atmete tief durch. Mit den Händen knetete sie die Sitzpolster. Bloß jetzt nicht durchdrehen. Die Situation, in der sie sich befand, erinnerte entschieden an eine Szene aus einem schlechten Film. Ihr Auto, ihr Teppich und ihre Nebenbuhlerin. Wenn jemand die Leiche fand, war sie auf jeden Fall mit dran.

Sie schwiegen, während der Mercedes in gemäßigtem Tempo der sich windenden Straße zum Breitenstein hinauf folgte. Lisa konnte an nichts anderes denken als den Teppich hinter ihnen im Kofferraum. Oder besser gesagt, an Ludwigs Frau. Diese eingebildete Tussi mit ihrem fetten Arsch und dem blonden Haarteil. Aber sie hatte etwas zu sagen gehabt, als Frau eines der angesehensten Ärzte im Landkreis. Sie war sogar zur Frau Doktor erhoben worden, obwohl sie bestimmt nicht studiert hatte, doof wie sie aussah.

Sie fröstelte. Noch vor wenigen Stunden hatte sie selbst davon geträumt, Frau Dr. Eberstein zu werden, mit einer Mitgliedschaft im Tennis Club und den wöchentlichen Besuchen im Schönheitssalon. Jetzt nicht mehr. Nicht, nachdem Ludwig einen Mord begangen hatte. Er machte ihr Angst.

Gottfried Erbele fiel ihr wieder ein; die Szene mit der Leiter. Morgen würde sie den Diamanten aus der Villa holen, und dann nichts wie weg. Irgendwohin, wo die Sonne schien.

Der Wagen hielt genau so leise und unauffällig, wie er gefahren war. »Wir sind da.«

Stumm folgte sie seinem Blick.

Ludwig deutete auf den Albtrauf. »Jetzt muss nur noch der Teppich da runter, dann ist alles vorbei.« Er sah sie aufmunternd an. »Ist doch gar nicht so schlimm.«

Lisa schenkte ihm einen anklagenden Blick. Als ob es nicht schlimm wäre, eine Leiche wegschaffen zu müssen.

»Gut«, murmelte sie und stieg aus dem Wagen. »Bringen wir's hinter uns.«

Gemeinsam packten sie den Teppich an beiden Enden. Er war schwerer als gedacht, aber schließlich war Ludwigs piekfeine Ehefrau darin eingerollt, die Frau Doktor.

»Mist«, stöhnte sie, als sie ihn mit Müh und Not aus dem Kofferraum gehievt hatten. »Das pack ich nicht.«

»Wir müssen ihn über den Rand schubsen«, antwortete er schwer atmend. »Dann ist er weg.«

»Gut, und danach nichts wie heim.«

Mit vereinten Kräften rollten sie den Teppich an den Abgrund und schauten in die Tiefe.

»Wer da runterfällt, ist garantiert hin«, murmelte Lisa. »Hoffentlich öffnet sich beim Aufprall nicht die Verschnürung.«

»Keine Sorge. Die Knoten sitzen bombenfest. Der Teppich kommt genauso unten an, wie er oben runterfällt.«

»Okay dann. Schubsen wir ihn runter.«

Sekunden später kippte der Perser über die Kante. Geschafft! Lisa richtete sich auf und sah in die Tiefe. Bye bye, Frau Doktor. Da unten im Wald würde sie so schnell niemand finden. Sie drehte sich um.

Es traf sie wie ein Schock, als Ludwig sie unerwartet in die Tiefe stieß. Was zum …? Ein letzter Blick in seine kalten Augen, als sie rückwärts in den Abgrund stolperte, dann verschwand er aus ihrem Blickfeld.

Während sie fiel, tiefer und tiefer, überkam sie plötzlich die Erkenntnis, dass sie es war, deren Leiche dort unten gefunden werden würde. In den Perser war nichts gewickelt, außer höchstens ein anderer Teppich. Frau Hübner-Eberstein mit ihrem fetten Arsch und dem blonden Haarteil schlief friedlich in ihrem Ehebett und hatte wahrscheinlich noch nicht einmal gemerkt, dass ihr Göttergatte nicht neben ihr lag.

Oh Gott! Mit weit aufgerissenen Augen warf sie einen letzten, verzweifelten Blick in die Sternenpracht über ihr. Er will nicht seine Frau loswerden, sondern mich.

Ludwig Eberstein wandte sich um und machte sich zu Fuß auf den Weg zu seinem Motorrad, das er vorab etwas unterhalb im Gebüsch versteckt hatte. Nach ein paar Schritten blieb er stehen und blickte zurück. Einsam stand Lisas Mercedes am Rand der Hochfläche im Mondlicht. Den Wagenschlüssel hatte er im Zündschloss stecken lassen. Zufrieden rieb er sich die Hände.

Er grinste. Es war immer ein erhebendes Gefühl, ein Problem gelöst zu haben, aber diesmal war es eine kleine Feier wert. Schließlich beging man nicht alle Tage seinen ersten Mord.

Middwoch

22

»Da kommt gleich eine Kundin vorbei, Tante Berta«, sagte Micha und zog sich die Joggingjacke über. »Sie will ein handgeschriebenes Manuskript abtippen lassen, wenn ich das richtig verstanden habe. Kannst du das bitte übernehmen?«

Natürlich, brummelte Berta in sich hinein, wenn's um Schreibarbeiten ging, war immer sie gefragt. Gerade heute hatte sie auf so etwas überhaupt keine Lust. »Wer ist es denn?«

»Eine Frau Klingler«, antwortete ihr Neffe und schob seinen Haustürschlüssel in die Jackentasche. »Eine Schriftstellerin, aber mehr weiß ich auch nicht.«

Viel an Info war das ja nicht gerade. Konnte der Junge seine Klienten nicht ein wenig mehr ausfragen?

Mit einem jungenhaften Grinsen verabschiedete er sich. »Ich bin dann mal weg. Bis später.«

Dann war sie allein.

Berta seufzte. Im Moment liefen die Geschäfte bei *Rundum Sorglos* ziemlich schleppend, die Firma war schließlich jung und unbekannt. Aber statt fleißig für die Dienste seines Unternehmens Werbung zu treiben, ging Micha lieber joggen und überließ ihr die niedrigen Arbeiten.

Sie brühte sich einen Kaffee auf und häufte wie üblich mehrere Löffel Zucker hinein. Andererseits – ein unsportlicher Micha wäre für einige seiner Aufträge nicht fit genug. Ohne sein tägliches Ausdauertraining hätte er neulich an die Verfolgung von Gottfried Erbeles Killer nicht denken können. Genüsslich leckte sie den zuckrigen Löffel ab. Michas endlose Joggingtrips hatten also auch ihr Gutes.

Es klingelte. Das musste diese Kundin sein. Schmunzelnd erhob sie sich, um aufzumachen. Frau Klingler klingelt. Sie kicherte. Wie albern. Ihr musste das Koffein zu Kopf gestiegen sein.

Schwungvoll öffnete sie die Tür.

Vor ihr stand eine russische Geheimagentin. Jedenfalls sah Frau Klingler aus wie James Bonds perfekte Gegenspielerin. Selten hatte Berta eine so deutliche Welle der Abneigung verspürt wie in dem Moment, als diese neue Kundin in ihrem klassisch strengen Kostüm über die Schwelle trat. Ob es an dem ebenso strengen Kurzhaarschnitt oder ihren scharfen Gesichtszügen mit den zu dünn gezupften Augenbrauen lag, wusste sie nicht. Zu allem Überfluss war die Dame ausgesprochen höflich. Wem sollte sie nun trauen? Den freundlichen Worten der Kundin oder ihrer eigenen Intuition? Sie entschied sich für Letzteres und bot ihrem Besuch einen Platz, aber kein Getränk an.

»Sie suchen jemanden, der Ihnen ein handgeschriebenes Manuskript abtippt?«, fragte sie unverbindlich.

»Ich bin Autorin.« Frau Klingler strich ihren Rock glatt. »Hauptsächlich schreibe ich Sachbücher zum

Thema Russland. Das Manuskript, um das es sich handelt, ist etwa 200 Seiten lang, der Rest sind Bilder.«

Russland, durchzuckte es Berta. Als ob sie es geahnt hätte.

»Die Schriftstellerei ist nur ein Hobby. Tagsüber muss ich meinem Hauptberuf nachgehen, ich bin Bankangestellte.« Als sie lächelte, legte Frau Klingler eine Reihe bräunlicher Zähne frei. »Seit meiner Scheidung leben meine beiden Kinder und ich allein. Die beiden sind jetzt sieben und neun und gehen auf die Grundschule.«

»Haben Sie das Manuskript mitgebracht?« Am liebsten hätte Berta das Schriftstück sofort an sich gerissen und die unangenehme Russlandkennerin zur Tür hinaus bugsiert.

»Nein, ich wollte erst sichergehen, dass Sie einen Safe haben. Das Manuskript beinhaltet wichtige Informationen von höchstem kulturellem Interesse und darf auf keinen Fall ungesichert herumliegen.« Frau Klingler sah sich kritisch um. »Sie haben doch bestimmt einen Safe?«

Berta jubilierte innerlich. Sie konnte diese Person schlecht grundlos abwimmeln, nachdem Micha ihr bereits zugesagt hatte, aber mit einem Safe konnten sie gottlob nicht dienen.

»Da muss ich Sie enttäuschen, so etwas haben wir nicht.« Zum Zeichen, dass das Gespräch hiermit beendet sei, stand sie auf. »Es tut mir leid, dass ich Ihnen nicht behilflich sein kann. Sie werden bestimmt einen anderen Schreibservice finden, der einen Safe im Büro hat.«

Leider ließ sich Frau Klingler nicht aus der Fassung bringen. »Das macht überhaupt nichts. Sie können das Manuskript auch in meiner Wohnung abtippen. Am besten, wenn meine Kinder und ich nicht zu Hause sind. Dann stören wir Sie nicht. Das ist Ihnen doch recht, oder?«

Hauptsache, die andere war nicht da, dachte Berta, und die beiden Kleinen auch nicht, falls sie ihr ähnelten. »Passt es Ihnen am Freitagvormittag?«

»Freitag wäre wunderbar. Falls Sie nicht fertig werden, könnten Sie Dienstag noch mal kommen.« Frau Klingler streckte ihr eine Visitenkarte hin. »Blauweg 2, dritter Stock rechts. Der Name steht neben der Klingel.«

»Bis dann.« Berta war heilfroh, als sich die Tür hinter dieser unangenehmen Person schloss. Je weniger sie von ihrer neuen Auftraggeberin zu sehen bekam, desto besser.

Jetzt wüsste sie bloß gern, warum die Klientin überhaupt hergekommen war. Dass sie keinen Safe hatten, hätte sie schon am Telefon erfahren können. Es schien fast, als wolle sie herumschnüffeln, aber was gab es hier zu sehen? Nachdenklich zog sie die Stirn kraus. Sah sie schon Gespenster, weil sie die Frau nicht leiden konnte?

Egal wie sie die Sache drehte oder wendete, sie kam immer wieder zu dem gleichen Schluss: Dieser Frau Klingler war nicht über den Weg trauen.

23

Das Telefon läutete.

»*Rundum Sorglos*«, meldete sich Berta in ihrer besten Sekretärinnenstimme, die ihrer Meinung nach täglich vollkommener wurde.

Als Antwort drang ein Hustenschwall durch den Hörer.

»Ich bin's«, prustete Mandy Lovejoy schließlich in ihr Ohr. »Mir geht's schrecklich, Berta, ich kann dir gar nicht sagen, wie ich mich fühle.« Der Husten wurde von lautstarkem Schniefen abgelöst. »Seit Gottfrieds Tod war ich nicht mehr aus dem Haus, so elend ist mir. Das Ganze hat mich wirklich umgehauen.«

»Mach dir keine Sorgen«, beruhigte sie ihre Freundin. »Wenn ich dir irgendwie helfen kann?«

»Nein, nein, meine Mutter ist vorübergehend bei mir eingezogen und kümmert sich rührend um mich. Aber das Ganze ist ein solcher Schock, so kurz vor der Hochzeit. Am liebsten wäre ich auch tot!«

Berta gab sich die größte Mühe, Mandy zu beschwichtigen, aber das war einfacher gesagt als getan. Die Arme war völlig am Boden zerstört.

»Du glaubst nicht, wie mir zumute ist. Das Brautkleid hängt seit Wochen im Schlafzimmer auf dem Bügel – ich hatte mich so auf die Hochzeit gefreut. Und nun ist Gottfried tot und ich trage Schwarz.« Erneut brach sie in lautstarkes Schluchzen aus. »Es ist wie verhext. Was habe ich getan, dass alle meine Männer sterben?«

»Nichts hast du getan, gar nichts. Das Ganze ist ein Zufall. David ist an einer Überdosis Heroin gestorben und Gottfried wurde ermordet. Das hat nichts mit dir zu tun. Am besten, du trinkst einen heißen Kakao und legst dich ins Bett.«

»Und Rick hat mich sitzenlassen«, klang es weinerlich durch die Leitung. »Obwohl er mir ewige Liebe geschworen hatte. Aber was macht er? Er geht nach Australien, weil er seine Freiheit braucht. Immer habe ich Pech mit den Männern.«

Rick, schoß es Berta durch den Kopf. Rick Lovejoy. Den hatte sie total vergessen. David Lovejoys Zwillingsbruder und die große Liebe ihres Lebens, wie Mandy ihr einmal gestanden hatte. David habe sie an seinen Bruder erinnert und sie jahrelang mit Liebesbeweisen überschüttet, deshalb hätte sie ihn schließlich geheiratet.

Rick war weder zur Hochzeit noch irgenwann später bei den beiden aufgetaucht.

»Gott sei Dank«, hatte Mandy geseufzt. »Ich hätte es nicht hingekriegt, Rick als Schwägerin gegenüberzustehen und ihm vorzugaukeln, dass mich die Sache zwischen uns nicht mehr berührt.«

Berta biss sich auf die Unterlippe. Wie das Leben so spielt. David Lovejoy war für Mandy eine Art Ersatz-Rick gewesen. Ob David deshalb angefangen hatte, Drogen zu nehmen?

»Habe ich dir erzählt, dass ich damals ein Kind von ihm bekommen habe?«

Berta schluckte. »Ein Kind! Von Rick?«

»Ich habe es zur Adoption freigegeben. Rick weiß nichts davon.« Mandy fing wieder an zu weinen. »Es war ein kleines Mädchen. Was hätte ich denn machen sollen, schließlich war ich erst siebzehn.«

»Mein Gott, wo lebt die Kleine denn jetzt?«

»Ich habe keine Ahnung. Mir wurde damals gesagt, es sei besser, wenn ich das nicht wüsste. Mittlerweile ist sie schon Anfang zwanzig, längst kein Kind mehr.«

Die Ärmste, dieses Geheimnis so lange mit sich herumzutragen!

»Jetzt ruhst du dich erst mal ein paar Tage lang aus und dann machen wir uns gemeinsam auf die Suche nach Rick. Er verdient zu wissen, dass er ein Kind hat.« Berta lächelte aufmunternd in den Telefonhörer. »Dann könnt ihr darüber nachdenken, ob ihr eure Tochter aufspüren wollt oder nicht. Es war keine gute Lösung, diese Sache totzuschweigen. So was bringt doch nichts.«

Auf der anderen Seite der Leitung herrschte Stille, unterbrochen von vereinzeltem Schniefen.

»Du hast recht«, sagte Mandy schließlich. »Rick sollte wissen, dass wir eine Tochter haben. Ich hatte Angst vor seiner Reaktion, nehme ich an, und habe mich benommen wie ein Vogel Strauß. Kopf in den Sand und nicht daran denken. Als ob das Erfolg haben könnte.«

Berta schüttelte leise den Kopf. So schlecht war die Vogel-Strauß-Masche nicht, immerhin ging es so schon über zwanzig Jahre lang gut. Trotzdem war es keine gute Idee von Mandy gewesen, so zu tun, als wäre das Baby nur ihr Kind. Rick Lovejoy hatte das Recht, von der Existenz seiner Tochter zu erfahren.

Mandy wurde erneut von einem heftigen Hustenkrampf geschüttelt.

»Bist du sicher, dass alles in Ordnung ist? Diese Bronchitis klingt schrecklich.«

»Mach dir keine Sorgen. Du weißt doch, was in Dr. Ebersteins Schreiben stand. Das Ganze ist nichts als eine böse Erkältung.«

Noch viele Stunden nach dem Telefonat dachte Berta darüber nach, ob dieser Husten wirklich so harmlos war, wie die ärztliche Untersuchung vermuten ließ. Ein mulmiges Gefühl machte sich in ihr breit, das sie auf das Höchste beunruhigte.

Dr. Ebersteins Arztbrief hin oder her: Es konnte nicht schaden, sich Mandys Krankenakte anzusehen.

24

Frau Hübner-Eberstein saß in ihrem luxuriösen Schlafzimmer und blickte auf die Uhr. Ludwig würde frühestens in einer Viertelstunde nach Hause kommen, sie hatte also noch etwas Zeit. Die letzten Vorbereitungen für die Beerdigung sowie ihre Schwiegermutter, die heute Morgen aus Mannheim angereist war, hatten ihr keine freie Minute zum Telefonieren gelassen.

Sicherheitshalber öffnete sie die Tür zum Flur einen Spaltbreit, sodass sie Ludwigs Heimkommen auf jeden Fall mitkriegen würde, und nahm ihr Handy vom Tisch.

»Ich weiß«, sagte sie mit gedämpfter Stimme und trommelte unruhig mit den Nägeln auf die polierte Platte des Schminktischs. »Du hast recht, so geht es nicht weiter. Aber im Moment ist es einfach nicht machbar, das verstehst du doch. Mutters Beerdigung steht wie ein Berg vor mir, und meine Schwiegermutter habe ich auch am Hals. Sie bleibt geschlagene drei Tage. Vor ihrer Abreise schaffe ich das nicht. Ich weiß gar nicht, wo mir der Kopf steht.« Unruhig blickte sie in Richtung Flur, um zu kontrollieren, ob ihre Schwiegermutter etwa dort im Türrahmen stand. »Ludwig? Nein, der kann sich nicht um sie kümmern. Er muss tagsüber in die Praxis. Abgesehen von morgen natürlich; für Mutters Beerdigung hat er sich selbstverständlich freigenommen.«

Unten in der Halle wurde der Haustürschlüssel ins Schloss gesteckt. Frau Hübner-Eberstein fuhr zusammen. »Ich glaube, er kommt heim«, flüsterte sie in den Hörer. »Wir müssen aufhören. Natürlich liebe ich dich, das weißt du doch.« Sie hauchte einen zarten Kuss in die Leitung. »Für immer und ewig. Schlaf schön und träum von mir.«

Dann ging sie nach unten, um ihren Mann zu begrüßen.

Doschdig

25

In ihr anthrazitfarbenes Beerdigungskleid mit passendem Schal gehüllt, stand Berta mit gesenktem Kopf und Hut in der Kirche und sah auf ihre schwarzen Lackschuhe hinunter. In der Hand hielt sie ein zerknülltes Taschentuch, das schon ganz nassgeweint war. Beerdigungen hatten etwas so Endgültiges, und das viele Schwarz machte einen auch nicht gerade fröhlicher. Unfassbar, dass sie die liebe Frau Hübner nie wieder sehen sollte. Sie schluchzte. Zumindest nicht in diesem Leben.

Ihr Blick wanderte zu dem Eichensarg, der mit seinen glänzenden Beschlägen neben dem Altar thronte, mit einem prachtvollen Blumengesteck bedeckt. Frau Hübner würde sich freuen, wenn sie wüsste, dass sie eine so schöne Beerdigung bekam. Vielleicht saß sie als Engel heute unerkannt mitten unter den Trauergästen. Vor Rührung füllten sich ihre Augen erneut mit Tränen.

Während der Organist »Großer Gott, wir loben dich« anstimmte, erinnerte sie sich, wie sie Frau Hübner vor vielen Jahren im mittlerweile umgebauten Blaubeurer Krankenhaus kennengelernt hatte. Sie hatten in einem Zimmer gelegen und sich bestens verstanden. Irgendwann hatte Frau Hübner ihr erzählt, dass der Haushalt ihr langsam über den Kopf wuchs. Da sie selbst damals nur halbtags beschäftigt war, hatte sie sofort ihre Hilfe angeboten. Besser hätte sie es gar nicht treffen können!

Lächelnd dachte Berta an den Abschiedsbrief der Verstorbenen, der säuberlich zusammengefaltet in ihrer Handtasche lag. Mittlerweile hatte sie dafür gesorgt, dass das Geld der Krebshilfe zukam, genau wie Frau Hübner es gewollt hatte. Hoffentlich hatte die alte Dame die Geschehnisse vom Himmel aus verfolgt und freute sich mit ihr.

Während die übrigen Trauernden in feierlicher Prozession über den Kiesweg zum offenen Grab schritten, angeführt von den Sargträgern und dem Pfarrer in seinem wehenden Talar, eilte Berta in Richtung Taxi, das bereits auf sie wartete. Vor der Ankunft der Trauergäste war noch Einiges vorzubereiten.

Eine schöne Beerdigung, seufzte sie zum wiederholten Mal und warf durch das Autofenster einen letzten Blick auf den Friedhof zurück, der in herrlichstes Sonnenlicht getaucht war. Sie freute sich schon auf Kaffee und Kuchen in der Wohnung der alten Dame – so viel netter als ein Leichenschmaus in einem Café. Wirklich schade, dass die liebe Frau Hübner das nicht mehr miterlebte!

»Ich möchte mich von Ihnen verabschieden«, sagte Berta feierlich und reichte Frau Hübner-Eberstein die Hand. »Ich werde meine Zeit mit Ihrer Mutter nie vergessen.«

»Ihnen auch herzlichen Dank für Ihre große Hilfe bei dem Empfang nach der Beerdigung. Ohne Sie hätte ich das nicht geschafft.« Frau Hübner-Eberstein drückte ihr diskret fünfzig Euro in die Hand. »Ich hoffe, das Bett wird Sie noch viele Jahre an meine Mutter erinnern.«

Berta strahlte sie an. »Es passt fabelhaft zu den Einbauschränken in meinem Schlafzimmer. Sie glauben gar nicht, wie glücklich Sie mich damit gemacht haben. Bloß die Matratze war dann doch zu durchgelegen. Ich musste sie auf den Sperrmüll geben und mir eine neue kaufen.« Sie lächelte. »Seitdem schlafe ich wie ein Engel.«

Kaum war Berta gegangen, begab sich Frau Hübner-Eberstein wieder ins Wohnzimmer, wo nach der Beerdigung nur noch Sabine, Ludwig und dessen stocktaube Mutter auf dem Sofa saßen.

»Das hätten wir hinter uns«, sagte sie aufatmend und ließ sich in einen Sessel fallen. »In den nächsten Tagen sollten wir anfangen, die Wohnung aufzulösen und auf Vordermann zu bringen, damit wir sie für einen guten Preis verkaufen können.« Sie wandte sich an ihren Mann. »Hast du dir mal Mutters Kontoauszüge angesehen, Ludwig? Irgendwo muss da ein Konto sein, auf dem die 100.000 Euro Wiedergutmachung liegen. Ich verstehe einfach nicht, warum das Geld nicht auf ihrem normalen Konto ist.«

»Ich habe bereits nachgeschaut. Heute früh, vor der Beerdigung«, antwortete er. »Das Geld wurde damals auf ihr Konto überwiesen und gleich am folgenden Tag von ihr abgehoben.«

»Aber auf welches Konto hat sie das Geld denn getan? Wenn sie die Summe irgendwo angelegt hätte, dann hätte sie mir das bestimmt erzählt.« Sie pickte eine Erdnuss aus einem Schälchen auf dem Couchtisch. »Wenn ich nur wüsste, wo sie es hingeschafft hat.«

In diesem Moment kam Leben in ihre Schwiegermutter, die anscheinend doch nicht ganz so taub war, wie sie gern die Leute Glauben machte.

»A isch«, sagte sie in breitestem Mannheimerisch. »Isch hätt's mir in die Matratz eingenäht.«

Frau Hübner-Eberstein starrte sie an, als sähe sie einen Geist. »Mein Gott, Ludwig. Die Matratze!«

26

Obwohl es Donnerstag war, war der Pfarrer noch nicht wie sonst im Seniorenheim erschienen.

»Pech gehabt«, grummelte Herr Allgaier und rührte grimmig in seiner Teetasse. »Ausgerechnet wenn ich ihm eine Frage stellen will, ist der Mann nicht da.«

»Aufgeschoben ist nicht aufgehoben«, beschwichtigte ihn Berta und biss in eine köstlich aussehende Nussecke, die roch, als käme sie frisch aus dem Backofen. »Wir fragen ihn einfach das nächste Mal. Es freut mich jedenfalls, dass Sie sich so dafür interessieren.«

Herr Allgaier kratzte sich verlegen am Kopf. »Die Sache geht mir nicht aus dem Sinn. Ich habe mir sogar die Bibel aus meinem Nachttisch vorgenommen, um das Ganze nachzulesen. Wissen Sie, was mir aufgefallen ist?«

Sie schüttelte den Kopf.

»Zuerst haben nur die Ägypter den Riesenreichtum. Aber nachdem Gott eingreift, besitzen die Israeliten auch einen schönen Batzen. Dieses Umverteilen gefällt mir. Ich bin nämlich Kommunist.«

Jetzt wird's politisch, dachte Berta und überlegte, wie sie das Thema wechseln konnte.

»Besonders interessant finde ich, dass sie mit all diesem Reichtum in der Wüste lagern und nichts damit anfangen können. Sie sitzen mit dem Gold in der Einöde und nirgendwo gibt's einen Laden, wo sie etwas zu Futtern kaufen können. Blöde Situation, finden Sie nicht?«

»Immerhin gab Gott ihnen Manna zu essen.«

»A wa! Meinen Sie im Ernst, das hat ihnen geschmeckt? Jeden Tag das gleiche Zeugs, dreißig lange Jahre lang? Wer will denn so was?«

»Wenn Manna nur halbwegs so köstlich war wie diese Nussecken, dann hätte ich nichts dagegen, jeden Tag davon zu essen.«

»Aber nicht ein halbes Leben lang und ausschließlich das eine. Ich bin froh, dass ich keiner von denen war, Reichtum hin, Reichtum her.«

»Wenn ich plötzlich zu Geld käme, wüsste ich genau, was ich damit machen wollte.«

»Und das wäre?«

»Ich würde *Haus Sonnenberg* auf Vordermann bringen. Hier müsste dringend mal renoviert werden.« Berta warf einen Blick auf die Risse in der Zimmerdecke. »Und eigentlich muss man auch anbauen.«

»Ein Anbau, das wäre schön. Vielleicht ein Wintergarten. Im Moment sitzen wir uns hier wirklich sehr auf der Pelle. Aber bis das so weit ist, bin ich längst tot.«

»Also wirklich, Herr Allgaier, so kann man doch nicht denken«, funkelte sie ihn an. »Solange man etwas verbessern kann, soll man das tun. Selbst wenn man alt ist, was macht das schon? Unser aller Ziel sollte doch sein, die Welt positiv zu verändern.«

»Gucken Sie nicht so böse. Ich widerspreche ja gar nicht.« Er zuckte mit den Schultern. »Die Frage ist nur, wo das nötige Kleingeld herkommen soll. Da müsste schon ein Millionär hereinspazieren und eine großzügige Spende machen.«

Berta lächelte. Ein Millionär, in der Tat. Oder eine Prinzessin. Dann ging sie, um nachzusehen, ob Frau Neumann immer noch schlief.

27

Berta war gerade dabei, ihrem Neffen von Frau Hübners wunderbarer Beerdigung vorzuschwärmen, als es an der Haustür klingelte.

»Erwartest du einen Kunden? Es ist schon fast sechs.«

»Nein.« Micha drückte auf den Türöffner. »Aber ich bin froh über jeden, der kommt. Viel haben wir diesen Monat noch nicht verdient.«

Hoffentlich war es nicht diese grässliche Frau Klingler, dachte Berta und lud das Tablett in der Küche ab. Nach der wunderbaren Beerdigung wollte sie sich von der nicht den Abend verderben lassen. Micha und sie hatten sich gerade so nett unterhalten.

Missmutig kehrte sie nach wenigen Minuten ins angrenzende Zimmer zurück, wo der Neuankömmling sich bereits angeregt mit ihrem Neffen unterhielt. Bei ihrem Eintritt drehte er sich um. Bertas Kinnlade klappte herunter. Wie hätte sie diesen Mann je vergessen können? Der erklärte Schwarm aller Frauen: charmant, gut aussehend, schwerreich – und seit vielen Jahren tot.

»Rick Lovejoy«, stellte sich der Besucher formvollendet vor. »Ich glaube, Sie haben meinen Zwillingsbruder gekannt.«

Nach dem anfänglichen Schock holte Berta eine Flasche Trollinger und Schinkenhörnle aus der Küche, verfrachtete den Gast mit dem melodischen Südstaatenakzent in einen gemütlichen Sessel und fragte ihn nach allen Regeln der Kunst aus. Binnen kürzester Zeit hatte sie erfahren, dass Rick ein Vermögen im Immobiliengeschäft gemacht hatte, eine eigene Jacht besaß und – ein Wunder! – unverheiratet war. Sie lächelte zufrieden. Dieser Mann war Gottes Antwort auf die Misere, die Mandy überkommen hatte. Die beiden würden ein so hübsches Paar abgeben. Rick war so viel netter als der angeberische Gottfried Erbele mit seinen Liebschaften. Ein Mann zum Verlieben.

»Da Sie beide mit Mandy befreundet sind, hielt ich es für eine gute Idee, diese Angelegenheit mit Ihnen zu besprechen«, kam Rick Lovejoy nach einer guten halben Stunde Geplauder auf den Grund seines Besuches zu sprechen. »Sollten Sie in der Lage sein, mir bei diesem Problem zu helfen, würde ich gerne die Dienste von *Rundum Sorglos* in Anspruch nehmen.«

»Worum handelt es sich?« Micha beugte sich interessiert nach vorn.

»Es ist so: Mein verstorbener Bruder und Mandy haben damals an einem balinesischen Strand geheiratet. Barfuß, mit Blumen im Haar und einem Priester, der die Zeremonie durchführte.« Er fuhr sich durchs Haar. »Die Sache ist die, dass die Eheschließung möglicherweise ungültig ist. Anscheinend wird die Zeremonie dieses Priesters bei uns nicht anerkannt.«

»Wieso?« Berta zog die Augenbrauen zusammen. »Mandy und David waren doch jahrelang miteinander verheiratet.«

»Schon, aber wenn dieser Priester ein Scharlatan war, dann dachten sie nur, dass sie verheiratet sind. Die Eheschließung ist deshalb noch lange nicht gültig.«

»Was bedeutet das genau?«, fragte Micha. »David ist schon seit Jahren tot, das alles kann doch keine Konsequenzen mehr für Mandy haben, oder?«

»Ich fürchte, das könnte es doch. Meine Schwester und ihr Mann wollen einen großen Teil von Davids Erbe für sich geltend machen. Als Davids Lebensgefährtin ohne gültigen Trauschein hätte Mandy nicht wie eine Witwe den Löwenanteil seines Vermögens erhalten dürfen, sagen sie.«

»Und was kann *Rundum Sorglos* dabei tun?« Nachdenklich trank Micha einen Schluck Wein. »Wenn die Eheschließung ungültig war, können wir das doch nicht ändern.«

»Es geht darum, die Heiratsurkunde zu vernichten. Sie muss irgendwo unter Mandys Papieren liegen. Aus persönlichen Gründen möchte ich nicht selbst mit

Mandy in Kontakt treten und sie bitten, das Dokument zu zerschreddern. Könnten Sie das für mich übernehmen?«

Micha nickte. »Natürlich können wir das, kein Problem. Aber ist es nicht riskant, diese Urkunde zu Konfetti zu verarbeiten? Dann hat Mandy keinen Nachweis mehr, dass sie überhaupt mit David verheiratet war.«

»Das ist kein Problem«, wehrte Rick Lovejoy ab. »Überall ist dokumentiert, dass die beiden legal verheiratet waren, im Reisepass, den staatlichen Computern und allen sonstigen Urkunden. Falls es nötig wäre, würde ich Mandy jederzeit die besten Anwälte zur Verfügung stellen, um sie aus dieser Sache herauszuhauen. Aber gegen ungültige Heiratsurkunden können auch Staranwälte nicht immer etwas unternehmen.« Er sah seine Gesprächspartner ernst an. »Ich habe Angst, dass dieses Dokument bei einem Einbruch abhanden kommen und dann in den Klauen meiner Schwester wieder auftauchen könnte.«

»Hieße das, Mandy würde ihr gesamtes Vermögen verlieren?«

»Nein, aber womöglich einen ziemlichen Batzen davon. Das hätte David auf keinen Fall gewollt, und ich schon gar nicht.«

Berta lächelte ihm aufmunternd zu. Die Sache war geradezu lächerlich einfach. »Wir freuen uns, dass Sie Vertrauen in uns haben.« Schwungvoll füllte sie die elegant geschliffenen Weingläser auf. »Sie brauchen sich überhaupt keine Sorgen zu machen. Das Problem ist so gut wie gelöst.«

28

Wunderbarerweise befand sich genau gegenüber dem Mietshaus, in dem Frau Klingler wohnte, eine Bäckerei mit Kaffeeausschank. Nicht dass es hier besonders heimelig war, stellte Berta mit einem kurzen Blick auf die lieblos abgewischten Plastiktische fest, aber immerhin hatte man durch die große Fensterfront einen idealen Ausblick auf Frau Klinglers Haustür. Sie sah auf die Uhr. Noch zwei Stunden, bis sie dort zum Manuskript-Abtippen verabredet war. Höchst zufrieden rührte sie Zucker in ihren Yogi-Tee und machte sich über eine appetitlich aussehende Himbeerschnitte her. Wer hätte geahnt, dass Überwachungen so angenehm sein konnten? Jetzt hieß es nur noch abwarten und Tee trinken.

Eine knappe Stunde und mehrere Becher Yogi-Tee später war es so weit: Der Killer mit der Sonnenbrille trat auf die Straße. Verstohlen beobachtete Berta, wie er in eine dunkle Limousine stieg und losfuhr. Nie hätte sie gedacht, dass die beiden sich kannten, aber jetzt, wo sie den Fiesling aus dem Haus kommen sah, erstaunte sie es überhaupt nicht. Kein Wunder, dass ihr Frau Klingler nicht geheuer vorgekommen war. Eine himmlische Eingebung musste ihr gesagt haben, dass die Dame aus dem gleichen Holz geschnitzt war wie der Killer mit der Sonnenbrille.

Frau Klingler empfing sie zum verabredeten Zeitpunkt mehr als freundlich und zeigte ihr den Computertisch sowie Bad und Küche.

»Machen Sie sich ruhig einen Kaffee, wenn Sie möchten«, flötete sie. »Die Milch steht im Kühlschrank.«

Dann zog sie sich auf das Sofa am anderen Ende des Wohnzimmers zurück, damit Berta in Ruhe arbeiten konnte.

Hätte Berta nicht schon vorher geahnt, dass Frau Klingler eine Lügnerin war, so wüsste sie es spätestens jetzt. Alleinstehend mit Kindern. Wem wollte sie dieses Märchen weismachen? Hier gab es weder Spielzeug noch Kinderzimmer. Nicht einmal ein Fruchtjoghurt im Haus.

Sie setzte Kaffeewasser auf und überflog mit den Augen, was es in der Küche zu sehen gab: ein paar schmutzige Teller im Spülbecken, etwas Obst und eine Flasche Zitronen-Pril. Nicht gerade viel. Sie hatte eigentlich auf eine Eingebung gehofft, wie sie die beiden Gauner hinter Schloss und Riegel bringen könnte, aber diese Wohnung gab wirklich nichts her. Auch im Badezimmer hatten nur zwei Zahnbürsten und ein Rasierapparat auf der Ablage gestanden.

Mit düsterer Miene verzog sie sich an ihren Arbeitsplatz und begann zu tippen. Schnell kam sie nicht voran. Frau Klinglers Schrift war nicht leicht zu entziffern und außerdem schweiften ihre Gedanken ständig ab. Sie musste die zwei Schurken schnellstmöglich aus dem Verkehr ziehen, bloß wie?

Als sie schließlich heimging, hatte sie höchstens die Hälfte des Manuskripts geschafft. Am Dienstag würde sie wiederkommen, um die Arbeit zu beenden.

Die rettende Idee, wie sie das Gangsterpärchen zur Strecke bringen konnte, kam ihr auf dem Heimweg.

Das Zitronen-Pril! Vor Aufregung schnappte Berta nach Luft. Natürlich! Wenn sie sich nicht sehr irrte, benutzte Herr Stempfle die gleiche Sorte, und seine Überwachungskamera fiel noch eine Weile aus. Sie lächelte. Jetzt musste sie nur noch einen Schlachtplan aushecken, wie die Sache am besten durchzuführen war.

29

Berta wurde von der Dogge, die sie stürmisch begrüßte, fast umgeworfen.

»Lieb, dass du Sir James zum Spaziergang abholst«, sagte Mandy, während der Hund versuchte, Berta quer über das Gesicht zu lecken. »Dauernd ist etwas mit meinem Chauffeur, entweder seine Schwester heiratet oder er ist erkältet oder sonst was. Ist ja gut, Sir James. Wir wissen, dass du der Beste bist.«

Fünf Minuten später saßen die beiden Frauen gemütlich auf dem Sofa, während das Kalb von einem Hund vor dem Kamin lag und an einem Rinderknochen nagte.

»Dein Schwager war gestern bei uns zu Besuch«, platzte Berta mit ihrer Neuigkeit heraus, die sie nun lange genug mit sich herumgeschleppt hatte.

Sofort überflog eine leichte Röte Mandys Wangen. »Rick? Er ist hier?«

»Was für ein netter Mann, und so gut aussehend. Ich wünschte, ich wäre fünfzehn Jahre jünger, so wie du. Dieser Rick Lovejoy ist wirklich zum Verlieben.«

Prompt wurde Mandy noch röter. »Was wollte er denn?«

»Es geht um die Heiratsurkunde aus Bali.« Berta fischte einen Schokoladenkeks aus der Silberschale auf dem Tisch. »Die, die ihr damals nach eurer Hochzeit am Strand erhalten habt. Rick will, dass sie schnellstmöglich zerschreddert wird. Die Eheschließung sei möglicherweise nicht gültig und diese Urkunde der einzig handfeste Beweis dafür.«

»Ich kenne den Vorwurf meiner Schwägerin. Ihr Anwalt schrieb, dass sie unsere Ehe und damit meinen Erbanspruch anfechten will. Damals lebte Gottfried noch. Er erklärte sich sofort bereit, die Angelegenheit in die Hand zu nehmen.«

»Hat er etwas herausgefunden?«

»Wenn ich das wüsste.« Mandy zuckte die Schultern. »Jedenfalls nahm er die Heiratsurkunde mit nach Hause. Er wollte sie verstecken. Nicht in seinem Safe – den mochte er nicht – sondern an einer Stelle, wo Einbrecher sie nicht vermuten würden. Meine Schwägerin würde versuchen, das Dokument an sich zu bringen, sagte er.«

»Genau das glaubt Rick Lovejoy auch.«

»Wie wollen wir die Urkunde vernichten, ohne zu wissen, wo Gottfried sie versteckt hat? Sie könnte absolut überall sein.«

Nachdenklich biss Berta in ihren Keks. Wenn Gottfried Erbele seinen Safe nicht benutzt hatte, dann lag das Dokument aller Wahrscheinlichkeit nach leicht zugänglich in seiner Villa versteckt. So konnte er jederzeit prüfen, ob es noch an Ort und Stelle war.

Ein feines Lächeln umspielte ihre Mundwinkel, als sie sich an den Schlüssel in ihrer Handtasche erinnerte. Ganz so einfach, wie sie es sich vorgestellt hatte, war dieser Auftrag zwar nicht, aber Probleme waren dazu da, gelöst zu werden. Irgendwie würden Micha und sie das Kind schon schaukeln.

Samschdig

30

»Möchten Sie nichts essen?«, fragte Berta.

Der verlockende Teller Eintopf stand bereits seit einer halben Stunde auf dem Rollwagen neben Frau Neumann und sie hatte nicht einmal den Löffel in die Hand genommen.

»Nein, vielen Dank«, antwortete die Angesprochene schwach. »Ich habe keinen Appetit. Vielleicht esse ich später ein paar Trauben, die schmecken so frisch.«

»Trauben esse ich auch besonders gern.«

Berta lächelte sie an, doch innerlich war sie traurig, dass die alte Dame, die ihr sehr ans Herz gewachsen war, bald von ihr gehen würde. Ihr Blick schweifte hinaus in den sonnigen Garten, wo ein kleiner Vogel auf dem Busch vor dem Fenster saß und interessiert um sich guckte. Gleich würde er sich aufmachen und weiterfliegen. Auf den nächsten Baum oder noch höher, in Richtung Himmel.

Sie rang mit sich, ob sie Frau Neumann auf die Sache mit der Mitteilung ansprechen sollte. Tagelang hatte sie nun schon darüber nachgedacht, sich aber nie getraut, das Thema anzuschneiden. Wer weiß, wie sie reagieren würde. Ob sie überhaupt an ein Leben nach dem Tod glaubte?

Egal, sagte sich Berta schließlich, im schlimmsten Fall würde Frau Neumann sie abblitzen lassen. Darauf musste sie es eben ankommen lassen. Länger zu warten war ausgeschlossen, schwach wie sie war.

»Ich hätte da eine Bitte, weil Sie doch bald ein Engel im Himmel sind.«

Da sich kein ärgerliches oder verwundertes Stirnrunzeln in Frau Neumanns Gesicht zeigte, fuhr sie fort: »Ich dachte, Sie könnten mir vielleicht einen Gefallen tun und einer Bekannten von mir dort oben eine Nachricht übermitteln.«

»Sie möchten, dass ich Ihre Freundin im Himmel suche und ihr etwas von Ihnen ausrichte?«

Sie nickte, immer noch unsicher, ob die Betagte dieses Anliegen nicht für vollkommen verrückt halten würde.

Das Gegenteil war der Fall.

»Gerne.« Frau Neumann strahlte, wie sie schon länger nicht mehr gestrahlt hatte. »Wie heißt sie denn, und was soll ich ihr sagen?«

Berta fiel ein Stein vom Herzen. Die alte Dame reagierte erfreut und positiv. Genau so, wie sie es sich vorgestellt hatte, als Micha diesen Zeitungsartikel über Mitteilungen ins Jenseits vorgelesen hatte. Je mehr sie allerdings darüber nachgedacht hatte, desto unsicherer war sie geworden, ob es wirklich eine gute Idee war, Alte oder Todkranke um diesen Gefallen zu bitten. Würde man eine solches Anliegen nicht für einen makaberen Scherz halten?

Sie hätte sich keine Sorgen zu machen brauchen. Frau Neumann schien gar nicht auf diesen Gedanken zu kommen. Sobald Berta ihr das Nötige mitgeteilt hatte, machte sie sich daran, den Text der Mitteilung auswendig zu lernen.

»Kein Problem«, versicherte sie lächelnd. »Nach Ihrer Beschreibung werde ich Frau Hübner bestimmt schnell entdecken.« Frau Neumann strich mit den Händen über ihre leichte Bettdecke. »Zuerst einmal werde ich ihr mitteilen, wie wunderbar Sie ihre Trauerfeier fanden. Mit all den vielen Blumen, dem schönen Orgelspiel und zum Abschluss dem gemütlichen Beisammensein in ihrer Wohnung, genau wie Sie es mir beschrieben haben. Außerdem soll ich ihr sagen, dass ihr Bett mittlerweile bei Ihnen im Schlafzimmer steht – inklusive Matratze – und dass die Krebshilfe sich sehr gefreut hat.« Sie sah Berta erwartungsvoll an. »Richtig?«

»Perfekt! Ich wüsste nicht, was ich ohne Ihre Hilfe machen sollte. Tausend Dank, dass Sie mir diesen Gefallen tun.«

»Nichts zu danken. Jetzt habe ich dort oben wenigstens eine Aufgabe.« Frau Neumann lächelte. »Frohlocken kann ich noch in alle Ewigkeit.«

31

Pause. Im Ulmer Theater strömten die Besucher zur Sektbar.

»Wer hätte gedacht, dass *Kabale und Liebe* so unterhaltsam sein könnte?«, bemerkte Berta, die heute ihr schickes kleines Schwarzes trug. Seite an Seite mit Micha trat sie ins Foyer. »Dieses Theater-Abonnement war eine tolle Geschenkidee von dir.«

»Mir gefällt das Stück auch. Die hübsche Blonde in der Rolle der Luise ist wirklich eine Wucht. Einen Hintern hat die …«

»Also wirklich, Michael. Hol uns lieber ein Glas Sekt. Für mich bitte mit Orangensaft.«

Während ihr Neffe sich in die Schlange vor der Sektbar einreihte, überblickte Berta die Menschenmenge. Vielleicht ließ sich jemand aus ihrem Freundeskreis entdecken, mit dem man ein Schwätzle halten konnte.

Ihr Blick blieb an der Rückenansicht einer Dame in einem petrolblauen Paillettenkleid hängen, die sich gerade ein Programmheft kaufte. Irgendwie kam ihr dieser Rücken bekannt vor, unangenehm bekannt.

In weiser Voraussicht nahm Berta hinter einer Säule Deckung und ließ die Dame, die sich angeregt mit dem Herrn an ihrer Seite unterhielt, nicht aus den Augen.

Nachdem die beiden das Wechselgeld für ihr Programm erhalten hatten, drehten sie sich um und steuerten geradewegs auf die Bar zu. Berta traute ihren Augen nicht: Frau Klingler und Gottfried Erbeles Mörder – gemeinsam im Theater!

Die zwei schlenderten immer näher auf Micha zu, der nach wie vor nichtsahnend vor der Bar anstand. Wie sollte sie ihn warnen?

Sie begann zu schwitzen. Micha war der einzige Zeuge des Mordes. Er hatte gesehen, wer Gottfried Erbele erschossen hatte. Man brauchte nicht besonders schlau zu sein, um sich auszurechnen, was der Killer mit ihm machen würde, wenn der ihn hier entdeckte. Mit etwas Glück würde Micha geschont werden, bis die Gangster die Schneeprinzessin an sich gebracht hatten. Aber dann ...

Allmächtiger, betete Berta, mach, dass Micha entkommen kann, bevor dieser Mann ihn abknallt, und sorge dafür, dass Frau Klingler mich nicht sieht. Sie trat noch tiefer in den Schatten der Säule. Bitte, Herr, erhöre mich!

In diesem Moment stieß eine elegant gekleidete Brünette einen spitzen Schrei aus. »Eine Maus«, kreischte sie durchs Foyer. »Dort drüben, eine Maus!«

Micha drehte sich um, folgte mit dem Blick dem ausgestreckten Zeigefinger der völlig echauffierten Dame und sah geradewegs in die Visage des Killers. Als der schließlich realisierte, wer vor ihm stand, war im Foyer ein riesiges Tohuwabohu um die Maus ausgebrochen, die sich ins Theater verirrt hatte, und Micha bereits durch die Drehtür in die nächtliche Dunkelheit verschwunden.

Berta atmete auf. Obwohl der Killer ihrem Neffen nach draußen hinterhergerannt war und ihm mittlerweile sicherlich hart auf den Fersen war, würde er ihn bestimmt nicht erwischen. Es war schon schwer gewesen, den Jungen als Kind wieder einzufangen, wenn er sich abgesetzt hatte. Jetzt, als ausgewachsener Mann mit täglichem Lauftraining, war gegen ihn kein Kraut gewachsen.

Nun verließ auch Frau Klingler das Foyer, Berta konnte also hinter ihrer Säule hervorkommen. Dennoch war sie unruhig. Wenn Frau Klingler und dieser

Fiesling zusammenarbeiteten, wussten sie genau, wo Micha wohnte. Da konnte der Mörder ihm jederzeit vor der Tür auflauern.

Michael durfte keinesfalls nach Hause kommen, bevor die beiden hinter Schloss und Riegel saßen. Solange dieser Killer frei herumlief, konnte man für Michas Leben nicht mehr garantieren.

Nachdem sie sich erneut vergewissert hatte, dass sich das Verbrecherduo nicht mehr im Theaterfoyer aufhielt, erstand Berta ein Glas Sekt und ließ die erschreckende Erkenntnis noch einmal in ihrem Kopf Revue passieren: Die beiden würden versuchen, den Stein an sich zu bringen, den sie für die echte Schneeprinzessin hielten, und Micha anschließend töten. Es sei denn, sie schaffte es, die beiden vorher aus dem Verkehr zu ziehen.

Ihr wurde abwechselnd heiß und kalt. Micha dazu zu bewegen, einige Tage lang unterzutauchen, war eine Sache. Die Ganoven hinter schwedische Gardinen zu bringen, eine andere. Doch solange der Herrgott auf ihrer Seite stand, konnte nichts schiefgehen. Eine Welle von Zuversicht durchflutete sie.

Entschlossen leerte sie ihr Glas und kramte in ihrer Handtasche nach dem Handy. Es war höchste Zeit, Micha zu warnen.

Meedig

32

Missmutig lag Micha im Hotelzimmer auf dem Bett und spielte mit der Fernbedienung. Schon lange hatte er sich nicht mehr so gelangweilt. Schön dumm von ihm, auf Tante Berta zu hören.

»Versprich mir, dass du nicht aus dem Hotel gehst«, hatte sie ihn mehrfach beschworen. »Nicht einen Schritt! Und sag bloß keinem, wo du dich aufhältst.«

Die Maßnahme gelte nur für ganz kurze Zeit, hatte sie ihm wortreich versichert, aber Tante Berta hatte gut reden. Sie war von der Verbannung schließlich nicht betroffen, und jetzt hockte er hier seit geschlagenen zwei Tagen und langweilte sich zu Tode.

Von wegen kurze Zeit! In dem vermaledeiten Ulmer Hotelzimmer fiel ihm die Decke auf den Kopf. Wenn es wenigstens etwas Anständiges im Fernsehen gäbe! Ein langweiligeres Programm hätten diese TV-Fritzen kaum zusammenstellen können.

Er sah auf die Uhr. Noch nicht einmal Mittagszeit! Die 36 Stunden, die er hier im Hotel verbracht hatte, kamen ihm wie 36 Tage vor. Besorgt wie sie war, hatte Tante Berta ihm sogar sein tägliches Joggingtraining verboten, aber irgendwo musste er schließlich mit seiner Energie hin. Wenigstens einen kleinen Spaziergang machen, draußen war so schönes Wetter.

Zweifelnd sah er an sich hinab. Der Smoking, den er vorgestern Abend im Theater getragen hatte, war nicht gerade geeignet, unauffällig durch die Straßen zu schlendern. Er musste sich dringend andere Kleidung und frische Wäsche besorgen. Beim Einchecken hatte er eine Boutique im Hotelfoyer entdeckt. Da würde er bestimmt etwas Passendes finden, obwohl sie wahrscheinlich nur Designerware mit saftigem Preisetikett führten.

Das Zimmertelefon schreckte ihn aus seinen trüben Gedanken auf.

»Für Sie wurde etwas abgegeben«, säuselte die Stimme der Rezeptionistin in sein Ohr. »Dürfen wir die Lieferung hochsenden?«

Sie durften. Wenige Minuten später fand Micha sich in Gesellschaft seines Reisekoffers wieder, den ihm seine Tante per Kurierdienst zugeschickt hatte, gefüllt mit frischer Wäsche, bequemen Schuhen und seinen heißgeliebten Jeans. Sogar eine Tüte Süßigkeiten lag dabei samt zweier Thriller, die er schon längst hatte lesen wollen.

Tante Berta war die beste Tante der Welt, dachte er gerührt, obwohl sie manchmal nervte. Jetzt musste er kein Geld in dieser Edelboutique verschwenden.

Beim zweiten Nachsehen blitzte im Koffer zwischen den Socken etwas Rotes auf, eine Karte. Micha fischte sie heraus, bewunderte kurz das hübsche Rosenfoto und drehte sie dann interessiert um. Vielleicht gab es etwas Neues.

»Verlass auf keinen Fall dein Hotelzimmer und bestell deine Mahlzeiten über den Zimmerservice«, stand da in schwungvoller Tante-Berta-Handschrift. »Wenn alles gut geht, kannst du morgen Abend nach Hause kommen.«

Wenn alles gut geht. Micha verdrehte die Augen. Wen interessierte eigentlich, ob es ihm gut ging?

Missgelaunt blickte er auf den Koffer, der ihm plötzlich wie ein unerwünschter Gast erschien. Mit all den Kleidern, Süßigkeiten und Büchern blieb ihm keine Ausrede, den Raum vor morgen Abend zu verlassen. Der Hinweis auf den Zimmerservice hatte auch die letzte Notwendigkeit zunichte gemacht, das Essen unten im Restaurant einzunehmen. Micha stöhnte. Wenn nicht gleich etwas passierte, würde er vor Langeweile eingehen.

Genau in diesem Moment klingelte sein Handy. Als er den Namen auf dem Display erkannte, durchzuckte ihn ein angenehm anregender Adrenalinstoß. Erwartungsvoll grinsend nahm er den Anruf entgegen.

Vielleicht würde sein Aufenthalt in diesem Hotel doch nicht so eintönig bleiben wie befürchtet.

33

»Das geht so nicht weiter«, erklärte Berta. »Mit seiner Gesundheit spaßt man nicht! Du musst unbedingt noch einmal zum Arzt gehen.« Ihre Augen funkelten energisch zu Mandy hinüber, die in Jeans und Chanelbluse auf dem Sofa saß und lustlos an einer Laugenbrezel knabberte. Die dunklen Ringe unter ihren Augen waren nicht zu übersehen. »Dieser ewige Husten ist nicht normal. Man muss kein Doktor sein, um das zu merken.«

Mandy sah sie unglücklich an. »Mir geht dieses dauernde Gehuste selbst auf den Nerv, aber ich garantiere dir, dass der ärztliche Befund einwandfrei besagt, dass ich gesund bin.«

»Du merkst doch selbst, dass du es nicht bist.«

Ratlos strich Mandy eine Haarsträhne zurück. »Ich bin fabelhaft versichert und kann mir die besten Ärzte leisten. Was soll ich denn sonst noch tun?«

Bertas Schlachtplan in dieser Angelegenheit stand bereits fest. Die Meinung eines Arztes war gut und schön, aber wenn keine Besserung auftrat, musste eben ein zweiter Spezialist nach dem Rechten sehen, und zwar sofort. Das Problem war, dass Mandy große Stücke auf Dr. Eberstein hielt; er galt als einer der besten

Ärzte im ganzen Umkreis. Dessen Kollege, der Mandy geröntgt hatte, war ebenfalls absolute Spitzenklasse in seinem Fach.

»Ich glaube einfach nicht, dass dieser Husten harmlos ist. Tu mir den Gefallen, noch einmal zu Dr. Eberstein zu gehen und den Befund mit ihm durchzusprechen." Sie zog den Teller mit den Brezeln zu sich heran. »Oder ruf ihn wenigstens an, wenn du nicht in die Praxis gehen willst.«

»Du bist eine Nervensäge«, erklärte Mandy, griff aber gehorsam zu ihrem Handy, das neben Sir James' Hundeleine auf dem Beistelltisch lag, und wählte Dr. Ebersteins Nummer. »Guten Tag. Sind Sie das, Fräulein Eberstein? Hier spricht Mandy Lovejoy. Dürfte ich bitte Ihren Vater sprechen? Es geht um die Röntgenaufnahme, die neulich von meinen Lungen gemacht wurde.«

Berta beugte sich interessiert nach vorn. Sie wollte auf keinen Fall verpassen, was Dr. Eberstein in dieser Angelegenheit zu sagen hatte. Zu ihrer Enttäuschung war er nicht in der Praxis.

So schnell gab Mandy nicht auf. »Vielleicht könnten Sie mir weiterhelfen«, bat sie die Sprechstundenhilfe. »Haben Sie zufällig eine Kopie des Schreibens, das Ihr Vater mir nach der Untersuchung geschickt hat? Wären Sie so nett, den Inhalt kurz vorzulesen?« Sie lächelte in den Hörer. »Selbstverständlich habe ich den Brief erhalten. Ich habe ihn nur gerade nicht zur Hand und wollte ihn noch einmal hören.« Mit verschwörerischem Blick auf Berta drückte Mandy die Lautsprechertaste.

Während der Inhalt des Arztbriefes in Sabine Ebersteins melodiöser Stimme durch den Raum schwebte, biss Berta resigniert in ihre Laugenbrezel. Es war genau, wie Mandy gesagt hatte: Ihre Lungen waren so gesund und rosig wie die eines neugeborenen Kindes.

»Siehst du?«, sagte Mandy, nachdem sie sich herzlich bei Dr. Ebersteins Tochter bedankt und das Gespräch beendet hatte. »Ich bin gesund wie ein Fisch im Wasser.«

Der Hustenanfall, der ihren Worten folgte, ließ bei Berta sofortige Zweifel an dieser Aussage aufkommen. Gesund wie ein Fisch im Wasser.

»Wer's glaubt, wird selig«, murmelte sie. Kurzentschlossen zog sie das Branchenbuch aus dem Regal. »Nur weil etwas schwarz auf weiß in diesem Arztbrief steht, ist es noch lange kein Grund, sich damit zufriedenzugeben. Es wäre doch gelacht, wenn wir dem Grund dieses Hustens nicht auf die Schliche kämen.«

Gezielt landete ihr Zeigefinger auf einem Eintrag. »Hier haben wir's schon: Dr. A. Sutter, Fachärztin für Lungenerkrankungen / Pneumologie. Da rufen wir jetzt sofort an und machen einen Termin für dich aus, keine Widerrede.« Schon tippte sie die Nummer ein.

»Ist dort Praxis Dr. Sutter? Es handelt sich um einen dringenden Notfall.«

Mandy verdrehte die Augen.

34

Berta atmete erleichtert auf. Gott sei Dank, dass an dem Schlüsselbund, den sie aus Lisa Schmids Wohnung mitgenommen hatte, auch der Zweitschlüssel für den Eingang durch die Garage hing. Nachdem Gottfried Erbele so öffentlich zu Tode gekommen war, wäre sie mit ihrem geklauten Schlüssel nur ungern durch die Vordertür in das Haus des Verstorbenen spaziert. Für die Nachbarn gab es im Moment sicher nichts Interessanteres, als jede Bewegung in der Nähe der Villa zu beobachten. So hatte sie sich also durch die Büsche geschlagen und war vorsichtig durch die seitlich gelegene Garage nach innen geschlichen.

Da sie ihre Suche im Obergeschoss beginnen wollte, hielt sie sich nicht weiter in der großzügigen Eingangshalle auf, sondern huschte sofort die geschwungene Marmortreppe hinauf und von dort in das nächstliegende Schlafzimmer. Bei dem Anblick, der sie hier erwartete, traf sie fast der Schlag. Dieses Durcheinander konnte nur eins bedeuten: Sie war nicht der erste Eindringling, der sich hier umguckte. Ihr Vorgänger war ziemlich gründlich gewesen, wie es schien. Alle Schubladen waren herausgerissen, die Bettwäsche vom Bett geworfen und die Matratze herumgedreht worden. Kein Bild, das noch an der Wand hing, kein Anzug ordentlich auf dem Bügel. Sie war zu spät gekommen.

Oder doch nicht? Berta ließ sich auf einen gepolsterten Schemel sinken, der in der Ecke stand. Wonach mochte dieser Einbrecher gesucht haben, nach der Heiratsurkunde oder dem Diamanten? Hatte er gefunden, wonach er suchte?

Sie kam zu dem Schluss, dass hier jemand am Werk gewesen war, der Mandys Heiratsurkunde an sich bringen wollte. Niemand wusste, dass die Schneeprinzessin in der Villa versteckt war. Nach wie vor war keine Information über die Existenz einer Kopie in die Öffentlichkeit durchgesickert. Das Killerduo musste also weiterhin annehmen, dass Micha den Diamanten hatte. Wenn überhaupt, würden sie bei *Rundum Sorglos* einbrechen, um danach zu suchen.

Berta seufzte. Falls der Einbrecher bei der Durchsuchung der Villa zufällig auf den Diamanten gestoßen sein sollte, hatte er ihn bestimmt nicht liegen gelassen. Trotzdem sollte sie das Haus auf jeden Fall noch einmal untersuchen. Vielleicht entdeckte sie etwas, das der andere übersehen hatte.

Nachdem sie den Raum, der Gottfried Erbeles Schlafzimmer gewesen sein musste, gründlich durchforstet hatte, steuerte sie über eine laut knarrende Holzdiele auf die geöffnete Tür zur Galerie zu, um den Nebenraum in Angriff zu nehmen.

»Mach nicht so einen Krach!«, zischte Frau Klinglers unangenehme Stimme unverhofft aus dem Wohnzimmer zu ihr nach oben. »Willst du die ganze Nachbarschaft auf den Plan bringen?«

»Wenn hier einer Krach macht, dann du«, hörte sie den Mann mit der Sonnenbrille antworten. »Sieh lieber zu, dass du diesen Klunker findest, bevor wir hier Wurzeln schlagen.«

Guter Gott, dachte Berta und ließ sich blitzschnell zu Boden gleiten. Die beiden Killer sind hier.

Vorsichtig robbte sie auf die Galerie und zur Brüstung nach unten, um zu sehen, was dort vor sich ging. Genau vor ihrer Nase schwebte funkelnd der riesige Kronleuchter, der den Blick auf sie hoffentlich wirkungsvoll verdeckte. Zu ihrer Enttäuschung konnte man von hier aus lediglich die Halle überblicken, nicht das Wohnzimmer, in dem die beiden Ganoven gerade ihr Unwesen trieben.

»Ich habe jetzt alles zehnmal durchsucht«, jammerte Frau Klingler ihren Gefährten an. »Das verdammte Ding ist nicht hier.«

»Sag ich doch«, antwortete Mr. Ray Ban. »Die Idee, dass es noch eine Kopie gibt, ist totaler Quatsch. Und wenn – dieser Gottfried Erbele hätte doch nicht ausgerechnet den falschen Stein mit sich herumgetragen.« Er schnaubte. »Ich sag dir eins: Der Brilli ist bei diesem Meier und sonst nirgendwo. Erst hat er mich aus dem *Blue Moon* gejagt und dann hat er Erbele den Diamanten aus der Tasche genommen. Diese ganze Aktion hier ist total für die Katz. Du hast dir einen Bären aufbinden lassen. Von mir aus können wir gehen.«

»Du hast recht«, stimmte Frau Klingler zu. »Hier ist nichts versteckt. Das mit der Imitation kam mir auch gleich merkwürdig vor, aber seinem Auftraggeber widerspricht man nicht. Außerdem schadet es nie, so etwas nachzuprüfen. Sicher ist sicher. Musst du noch mal nach oben?«

Berta wurde starr vor Schreck. Was, wenn sie jetzt hochkamen und sie entdeckten?

Allmächtiger, betete sie. Bitte hilf, dass sie mich nicht finden!

»Nein, da oben gibt's nichts mehr zu sehen«, erklärte der Mann mit der Sonnenbrille und trat in die Halle. »Außerdem habe ich Hunger. Wie wär's mit einem Abstecher in die Pizzeria, bevor wir nach Hause gehen? Ich will heute früh ins Bett, ich bin hundemüde.«

»Von mir aus«, drang Frau Klinglers Antwort nach oben. Ihre Absätze klapperten auf dem Marmorboden. »Wollen wir nicht mal zur Abwechslung zum Griechen?«

Rumms, fiel die Haustür hinter ihnen ins Schloss. Im Gegensatz zu ihr schienen sich die beiden Gangster nicht viel aus den Blicken der Nachbarn zu machen.

Nachdenklich sah Berta nach unten. Wer war dieser Auftraggeber, der ihnen gesagt hatte, dass es eine Kopie der Snow Princess gab? Micha und sie wussten es, aber von ihnen hatten sie es bestimmt nicht erfahren. Blieben Juwelier Stempfle und Lisa Schmid, die es vielleicht auch mitgekriegt hatte. Und Mandy? Nachdenklich trommelte sie mit den Fingern auf den Boden. Was, wenn Gottfried seiner Braut angedeutet hatte, dass er aus Sicherheitsgründen noch eine Imitation anfertigen lassen wollte?

Mist! Berta schnaufte durch die Nase. Die Anzahl der Personen, die die Information weitergereicht haben könnten, war größer als gedacht. Immerhin glaubten die beiden jetzt, dass die Schneeprinzessin nicht hier in der Villa sei.

Nachdenklich schloss sie die Augen. Was hatte Gottfried Erbele zu ihr gesagt? »Nehmen Sie ... Villa ... alle ... Wald ... Bäume ... nicht.«

Die Prinzessin musste auf jeden Fall hier in der Villa sein, entschied sie, das war schon mal klar. Aber wo?

»... alle ... Wald ... Bäume ... nicht.«

Man sieht den Wald vor lauter Bäumen nicht. War es das, was Gottfried Erbele ihr hatte mitteilen wollen? Aber was um Himmels Willen meinte er damit?

»Man sieht den Wald vor lauter Bäumen nicht«, wiederholte sie bedächtig. »Man sieht den Wald vor ...«

Man sieht die Prinzessin vor lauter Prinzessinnen nicht. Natürlich!

Als sie die Augen wieder öffnete, wusste sie, wo die Schneeprinzessin versteckt war: mitten im Kronleuchter, der funkelnd und glitzernd direkt vor ihr über dem Eingangsbereich schwebte.

Halle, wusste sie jetzt, er hatte Halle gesagt, nicht alle. Sie hatte die geflüsterten Worte des Sterbenden nicht richtig verstanden.

Berta richtete sich auf und zog ihre Brille aus der Tasche. Jetzt galt es nur noch herauszufinden, welcher der tropfenförmigen Diamanten am Kronleuchter der Richtige war, doch das dürfte nicht allzu schwer sein. Kein Glasdiamant der Welt konnte mit dem Funkeln eines lupenreinen Hochkaräters mithalten.

Es dauerte wenige Minuten, dann hatte sie ihn entdeckt. Zufrieden schob Berta die Brille hoch. Es wäre töricht, den Stein aus seinem Versteck zu holen, solange dieses Verbrecherpärchen annahm, er sei nicht hier. Am besten, die Schneeprinzessin blieb in der Villa, bis die beiden Gangster hinter Schloss und Riegel waren.

Berta runzelte die Stirn. Blieb die verschwundene Heiratsurkunde, die sie auftreiben sollte. Das war leichter gesagt als getan. Wo um alles in der Welt sollte sie mit der Suche beginnen, nachdem Gottfried Erbeles perfektes Traumhaus dermaßen durchwühlt worden war?

Sie stutzte. Perfektes Traumhaus. Moment mal, war ihr nicht vorhin etwas aufgefallen? Etwas, das es in einem dermaßen funktionierenden Haushalt eigentlich nicht geben sollte?

Mit einem zufriedenen Lächeln drehte sie sich um und ging geradewegs in Gottfried Erbeles Schlafzimmer zurück.

35

Bertas Aufenthalt in Gottfried Erbeles Villa hatte länger gedauert als sie vorgehabt hatte. Immerhin war sie fündig geworden – die Heiratsurkunde steckte wohlverwahrt in ihrer geräumigen Handtasche – aber wenn sie sich nicht beeilte, würde ihr ganzer Plan durcheinanderkommen. Sie sah auf die Uhr. Gerade noch genug Zeit, um in den Drogeriemarkt zu huschen, bevor er zumachte.

Ziemlich außer Atem betrat sie das Geschäft und eilte durch die Gänge zur Abteilung mit den Putzmitteln. Pech gehabt, ausgerechnet jetzt war das Zitronenpril ausverkauft. Was nun?

»Wir schließen in einer Minute«, rief ihr die Verkäuferin vom Eingang her zu. »Danach kassiere ich nicht mehr ab. Ich hab's heute eilig.«

Dann eben ein grünes. Kurzentschlossen griff Berta zu und steuerte die Kasse an. Juwelier Stempfle würde das sowieso nicht merken.

»Was?«, wiederholte Berta entsetzt. »Lisa Schmid ist tot?«

Fassungslos sank sie auf den nächsten Stuhl.

»Es war ein schrecklicher Unfall«, informierte sie Herr Stempfle, den das Ganze auch sehr mitzunehmen schien, blass und erschöpft wie er aussah. »Seit Mittwoch war sie nicht bei der Arbeit, ohne sich abzumelden. Ich war schon ganz voller Sorge. Heute früh kam dann die Tochter von Herrn Dr. Eberstein hier vorbei, um mir die traurige Botschaft zu überbringen.« Er fuhr sich mit der Hand über die Stirn. »Fräulein Schmid wohnte im selben Haus, da war die Polizei auf der Suche nach Angehörigen zuerst einmal unten in der Praxis. Ich kann es immer noch nicht fassen! Anscheinend wollte sie nachts einen Teppich vom Breitenstein in die Tiefe werfen, dabei hat sie wohl das Gleichgewicht verloren und ist selbst hinabgestürzt. Sie wurde erst gestern von Sonntagsspaziergängern gefunden.«

»Schrecklich«, hauchte Berta. »So ein junges Ding, bildhübsch und voller Leben. Ich kann gar nicht glauben, dass sie tot sein soll!«

»Mir geht es genauso«, sagte Herr Stempfle müde. »Aber das Leben geht weiter. Ich musste gleich eine Anzeige in die Zeitung setzen, um eine Nachfolgerin für Lisa zu suchen. Sie glauben gar nicht, wie schlecht ich mich dabei gefühlt habe. Wie ein Verräter.« Er strich sich über die Augen. »Am liebsten würde ich die Stelle aus Pietät unbesetzt lassen, aber ohne Zusatzverkäuferin schaffe ich die Nachmittage einfach nicht.«

»Sie Ärmster!« Berta erhob sich von ihrem Stuhl. »Da sitze ich hier und halte Sie auf, obwohl Sie dringend nach Hause gehen und sich ausruhen sollten.« Sie sah ihn beruhigend an. »Machen Sie sich keine Sorgen, ich werde den Alarm einstellen und sehr sorgfältig abschließen. Und falls Sie in den nächsten Tagen nachmittags eine Aushilfe brauchen, springe ich selbstverständlich gerne ein.«

»Wenn ich Sie nicht hätte, Frau Meier«, lächelte Herr Stempfle und zog sich den Mantel über. »Herzlichen Dank für Ihr Angebot. Ich glaube, ich werde die paar Tage auch ohne Ihre Hilfe auskommen. Falls nicht, komme ich gern darauf zurück.« Zum Abschied hob er den Arm. »Auf Wiedersehen!«

Kaum war er gegangen, machte Berta sich erst einmal einen Milchkaffee mit ganz viel Zucker. Lisas Tod hatte sie erschüttert. Was für ein entsetzliches Schicksal, so jung sterben zu müssen, nach einem Fall in die Tiefe.

Herr Stempfle hatte sehr erschöpft ausgesehen, er brauchte Schlaf, viel Schlaf. Der Ärmste! Dumm, dass sie ausgerechnet heute ihren Plan ausführen musste. Allzu viel Nachtruhe würde er nicht bekommen. Dennoch konnte sie darauf keine Rücksicht nehmen, solange Michas Leben in Gefahr war. Außerdem wurde bald die Überwachungskamera repariert. Wenn die wieder funktionierte, konnte sie ihren Plan vergessen. Die Sache fand heute statt oder überhaupt nicht.

Sie stellte den leeren Kaffeebecher ins Spülbecken, ging nach vorn in den Verkaufsraum und stellte die Schaufensterbeleuchtung an. In gleißendes Licht getaucht, funkelten die diamantenbesetzten Auslagen miteinander um die Wette wie Königstöchter auf einem Ball, und der dahinter liegende Verkaufsraum wirkte trotz der noch frühen Abendstunde stockdunkel. Perfekt! Kein Passant würde von draußen sehen können, was hier vor sich ging. Mit einem Lächeln holte sie ihre Putzutensilien aus dem Küchenschrank und machte sich daran, das Hinterzimmer gründlich abzustauben.

Nach zehn Minuten schaute sie auf die Uhr.

»Jetzt geht's los«, murmelte sie, während sie ein Paar Einweghandschuhe überstreifte. Vorsichtig schlich sie in den dunklen Verkaufsraum, hob den wuchtigen Briefbeschwerer neben der Kasse und zerschmetterte damit die Scheibe einer antiken Vitrine. Kein Problem, das Glas zerbarst beim ersten Versuch. Die Sache klappte wie am Schnürchen! Vorsichtig fischte Berta ein mit Brillanten und Aquamarinen besetztes Armband sowie ein Paar Diamant-Ohrringe aus der Auslage und schlich zurück nach hinten.

»Das wäre geschafft, und jetzt kommt der leichte Teil«, seufzte sie erleichtert. Woraufhin sie Herrn Stempfles Zitronenpril aufdrehte, die Juwelen in die gelbe Flüssigkeit gleiten ließ und die wieder gut verschlossene Flasche in ihrer Handtasche verstaute. Anschließend füllte sie heißes Wasser ins Abwaschbecken, gab ein wenig grünes Geschirrspülmittel dazu und stellte die neu erworbene Spülmittelflasche an den Platz, an dem zuvor das Zitronenpril gestanden hatte.

Zufrieden betrachtete Berta ihr Werk.

»Sehr schön«, befand sie. »Ich denke, es ist an der Zeit, die Polizei zu verständigen.«

36

Schwungvoll bog der Wagen um die Ecke und kam gegenüber dem Hoteleingang zum Stehen.

»Es war ein wunderbarer Abend.« Sabine löste den Sicherheitsgurt und kuschelte sich an die breite Schulter ihres Begleiters. »Schade, dass er schon vorbei ist.«

»Wer sagt denn, dass die Nacht schon zu Ende ist?« Micha strich ihr zärtlich durch das Haar. Verführerisch knabberte er an ihrem Ohrläppchen. »Willst du nicht mit nach oben kommen, schöne Fahrerin? Ich habe eine echt tolle Briefmarkensammlung.«

Kichernd löste sich Sabine aus der Umarmung. »Ach, die hast du sogar im Hotel dabei? Das müssen wirklich außergewöhnliche Exemplare sein.«

»Sag ich doch, genau so außergewöhnlich wie du«, murmelte Micha, der sich mittlerweile zu ihrem schlanken Nacken hinabgeküsst hatte. Er sog tief ihren Duft ein. »Wie unglaublich gut du riechst. Was ist das?«

»Knoblauch gegen Vampire, die mir Liebesbisse verpassen wollen.« Sie gab ihm einen spielerischen Stups auf die Nase. »Heute Abend gehe ich nirgendwo hin, außer in mein eigenes Bett, und zwar allein.«

Micha zog ein langes Gesicht. Die Aussicht auf eine lange, einsame Nacht in seinem Ulmer Hotelzimmer stimmte ihn nicht gerade euphorisch. »Na gut, wenn du versprichst, dass du von mir träumst.«

»Ich werde darüber nachdenken«, stellte Sabine in Aussicht und gab ihm einen Kuss. Zärtlich wuschelte sie ihm durchs Haar. »Und jetzt sieh zu, dass du hoch in dein Zimmer kommst, bevor die Uhr Mitternacht schlägt und ich mich in Aschenputtel zurückverwandele. Grüß die Briefmarken von mir.«

»Mach ich. Gute Nacht, Hexle.«

Lächelnd schlug Micha die Beifahrertür zu und atmete die kühle Nachtluft ein. Er winkte Sabine noch einmal zu und wollte gerade vor ihrem Auto die Straße in Richtung Hotel überqueren, als er einen vierschrötigen Mann mit Sonnenbrille auf dem Bürgersteig gegenüber bemerkte. Der Killer! Schlimmer noch, die Pistole in dessen Hand zielte genau in seine Richtung.

Micha stand wie vom Donner gerührt. Sekunden später zischte etwas an ihm vorbei, das er normalerweise für ein winziges Insekt gehalten hätte. Verdammt, eine Kugel! Mit einem Hechtsprung in Richtung Autotür rettete er sich zurück in den Wagen.

»Fahr los«, keuchte er. »Schnell! Der Typ will mich abknallen.«

»Das habe ich gemerkt.« Ohne lange zu warten, bis er sich angeschnallt hatte, gab Sabine Gas. Reifenquietschend schoss ihr Auto die Straße entlang, immer weiter aus der Schusslinie des Killers, und dann um die nächste Ecke. »Wir fahren jetzt zu mir und dann kannst du mir mal ganz in Ruhe erklären, was der Spaß hier zu bedeuten hat.« Sie warf ihm einen strengen Blick von der Seite zu. »Falls du denkst, du könntest mich mit irgendwelchen Märchen abspeisen, dann hast du dich getäuscht. Zur Not rufe ich deine Tante an und lade sie dazu.«

Micha stöhnte. Auch das noch – dann schon lieber ohne Tante Berta. Ihm graute jetzt schon davor, ihr erklären zu müssen, dass er trotz ihres Verbots das Hotel verlassen hatte. Seufzend strich er sich durchs Haar.

Wer hätte auch ahnen können, dass dieser Sonnenbrillen-Typ ihn dermaßen schnell ausfindig machen würde?

Deischdig

37

»Wie schön, dass Sie so pünktlich sind!« Frau Klinglers bräunliche Zähne entblößten sich zu einem Lächeln. »Ich muss in wenigen Minuten aus dem Haus. Am besten, Sie arbeiten wieder im Wohnzimmer wie gestern.«

»Danke.«

»Sie wissen ja, das Badezimmer ist gleich gegenüber«, erklärte Frau Klingler, nachdem sie ihr feierlich ein Bündel loser Manuskriptseiten übergeben hatte.

»Und die Küche dort hinten. Machen Sie sich ruhig einen Kaffee, wenn Sie Lust haben, und lassen Sie den Haustürschlüssel einfach auf dem Tisch liegen, wenn Sie fertig sind.«

»Ich finde mich schon zurecht, keine Sorge. Spätestens um die Mittagszeit sollte ich Ihr Manuskript abgeschrieben haben. Am Nachmittag haben Sie und Ihre Kinder die Wohnung wieder ganz für sich allein.« Berta sah sich suchend um. »Wo sind denn die Kleinen?«

»Mit Freunden im Park, beim Rollschuhlaufen.« Sie schenkte Berta ein dünnes Lächeln. »Na dann viel Spaß bei der Arbeit, Frau Meier. Auf Wiedersehen.«

Damit fiel die Tür hinter ihr ins Schloss.

Um ganz sicherzugehen, dass ihre Auftraggeberin das Haus wirklich verlassen hatte, schlich Berta zum Fenster und beobachtete sie so lange, bis ihr kleiner Flitzer um die nächste Ecke und außer Sichtweite bog. Mit der Limousine war wohl ihr Freund, der Killer, unterwegs.

Die wären wir los, dachte sie erleichtert, ließ es sich aber nicht nehmen, die übrigen Zimmer der Wohnung gründlich zu kontrollieren. Wer weiß, vielleicht hatte sich der Mann mit der Sonnenbrille doch irgendwo versteckt. Aber nein, die Luft war rein. Kein Killer, keine Kinder und keine schmallippige Frau Klingler, die ihre kleine Aktion stören würden, perfekt!

Zügig begab sich Berta in die Küche, stellte ihre geräumige Handtasche auf die Arbeitsfläche und zauberte blitzgeschwind das Zitronenpril daraus hervor, das eigentlich Juwelier Stempfle gehörte. Dasselbe, auf dessen Grund noch immer die Schmuckstücke aus dessen Vitrine schwammen. In weniger als dreißig Sekunden hatte sie Frau Klinglers Zitronenspülmittel gegen das mit den gestohlenen Juwelen ausgetauscht.

Sehr schön, lächelte sie und sandte ein Dankgebet zum Himmel, weil alles so reibungslos geklappt hatte. Jetzt machte sie sich noch etwas Heißes zu trinken und dann wurde getippt.

In Vorfreude auf einen köstlich süßen Milchkaffee schaltete sie den Wasserkocher an.

»Isch was?« Missmutig zog das Mädchen, das einsam an der Bushaltestelle stand, den Stöpsel aus ihrem Ohr. »Haben Sie was gesagt?«

Berta entschuldigte sich vielmals. »Es tut mir wirklich sehr leid, aber ich müsste dringend telefonieren und da dachte ich ... Ich meine, dürfte ich mir vielleicht kurz Ihr Handy borgen? Gegen Geld, versteht sich.«

»Bassd scho«, antwortete der Teenager und zog ein Handy aus der Tasche. »Hier, aber wenn der Bus kommt, ist Schluss.« Damit steckte sie sich den Stöpsel wieder ins Ohr und widmete sich mit zurückgeworfenem Kopf der Musik.

Berta warf einen kurzen Blick die Straße hinunter. Kein Bus in Sicht, also los! Kaum hatte sie die Nummer der Polizei gewählt, als sich auch schon eine weibliche Stimme am anderen Ende der Leitung meldete.

»Es geht um den Mord an Gottfried Erbele und einen Juwelenraub«, raunte Berta mit verstellter Stimme. »Blauweg 2, dritter Stock rechts, Klingler. Die Juwelen sind in der Spülmittelflasche, der Mörder trägt eine Sonnenbrille. Heute, früher Nachmittag.« Ehe die Polizistin am anderen Ende der Leitung nachhaken konnte, hatte Berta das Gespräch bereits beendet.

»Vielen Dank«, flötete sie überschwänglich und drückte der Besitzerin des Handys zwei Euro in die Hand. »Sie haben mir sehr geholfen!«

»Isch scho recht«, murmelte das Mädchen, ohne die Kopfhörer aus den Ohren zu nehmen, und wippte im Takt der Musik. »Liebe deinen Nächsten.«

Berta lächelte. Eine lobenswerte Einstellung, die Kleine würde es noch weit im Leben bringen. Sie nickte dem Teenager zum Abschied zu und machte sich zufrieden auf den Weg nach Hause.

Nach all der Arbeit hatte sie sich ein Stündchen Pause reichlich verdient.

Der Anblick der aufgebrochenen Wohnungstür machte ihr einen Strich durch die Rechnung. Von wegen gemütlich ins Sofa sinken und die Seele baumeln lassen. Und ausgerechnet jetzt stand Micha nicht zur Verfügung.

In ihrer Not klingelte Berta bei ihrem Nachbarn, einem drahtigen Postbeamten mit Mitgliedschaft im Fitnessclub.

»Bei uns ist eingebrochen worden«, erklärte sie aufgeregt. »Ich habe Angst, allein in die Wohnung zu gehen. Wären Sie so nett ...?«

Vorsichtig stießen sie wenige Minuten später die Tür auf und wagten sich über die Schwelle – Berta, der Nachbar, der sich mit einer wuchtigen Taschenlampe bewaffnet hatte, seine Lebensgefährtin und vorneweg Snoopy, ihr fetter Labrador. Berta traten die Tränen in die Augen, als sie das Durcheinander sah. Die Wohnung sah schlichtweg chaotisch aus, das reinste Schlachtfeld. Alle Bücher waren aus dem Regal gerissen, die Teppiche verschoben, der Inhalt der Schubladen ausgekippt.

»Unglaublich!«, empörte sich die Lebensgefährtin des Nachbarn. »Sogar den Gummibaum haben sie aus dem Topf gerissen und die Erde im ganzen Zimmer verstreut.« Fassungslos schüttelte sie den Kopf. »Wenn Sie mich fragen, dann waren das Jugendliche. Nichts im Sinn außer blinder Zerstörungswut!«

»Ha!« Triumphierend deutete der Nachbar auf Michas todschicken Laptop auf dem Schreibtisch. »Den haben sie stehen lassen, und der DVD-Player ist auch noch hier. Ich wette, die wollten nur ihren Spaß haben und alles in Unordnung bringen.« Er sah sich grimmig um. »Ist ihnen gut gelungen, dieser Saubande! Jedenfalls brauchen Sie sich keine Sorgen zu machen, Frau Meier. Snoopy hat jedes Zimmer gründlich abgeschnüffelt. Von denen ist keiner mehr hier.«

Berta bedankte sich herzlich bei den Nachbarn für die Hilfe, beschenkte Snoopy mit einem Zipfel Fleischwurst aus dem Kühlschrank und schob dankbar die Tür hinter ihnen zu. Dann rief sie einen Schlüsseldienst, um das Schloss erneuern zu lassen. Die Polizei würde sie nicht hinzuziehen, hatte sie beschlossen. Denen würde es nur merkwürdig vorkommen, dass sie nach dem Diebstahl im Juweliergeschäft schon wieder in einen Einbruch verwickelt sein sollte. Außerdem war sowieso nichts gestohlen worden, abgesehen von der falschen Prinzessin.

Jetzt erst mal einen Obstler, dachte sie erschöpft, und sank mit dem gefüllten Glas schwer in die Sofakissen. Sanft brennend lief die samtige Flüssigkeit ihre Kehle hinunter und wärmte sie angenehm von innen. Genau was sie jetzt brauchte! Es würde Stunden dauern, hier wieder klar Schiff zu machen, schätzte sie. Am besten, sie verschob das Aufräumen auf heute Abend. Für heute Nachmittag hatte sie sich im Seniorenheim angesagt und anschließend wollte sie noch mal bei Herrn Stempfle vorbeigehen, um zu sehen, wie er sich vom Schreck des gestrigen Einbruchs erholt hatte.

Die Sache gestern Abend war denkbar einfach gewesen. Sie hatte einfach bei der Polizei angerufen und angstvoll ins Telefon geflüstert, dass sie beim Putzen verdächtige Geräusche aus dem Verkaufsraum gehört habe. Glas sei zersplittert und sie sei sicher, dass Einbrecher am Werk seien. Na ja, als die Polizei dann mit lautem Tatütata vorfuhr, waren die »Einbrecher« natürlich bereits weg und sie selbst untröstlich, weil sie an allem schuld war, da sie die Ladentür wohl nicht richtig abgeschlossen hatte. Die nette Polizistin hatte sie dann rührend mit Papiertaschentüchern versorgt und eingehend vernommen. Auf die Idee, dass die gestohlenen Juwelen im Spülmittel in ihrer Handtasche schwimmen könnten, war sie allerdings nicht gekommen. Es war eben niemand perfekt, dem Himmel sei Dank, und bei dieser Gelegenheit hatte ihr das gut in den Kram gepasst.

Der Anblick des ausgetopften Gummibaums, der verloren in der Ecke lag wie ein heimatloses Kind, brachte sie wieder ins Hier und Jetzt zurück. Eins war schon einmal sicher: Das war niemand anderes gewesen als Frau Klingler und ihr feiner Freund mit der Sonnenbrille. Ihre Nachbarn hatten es klar erkannt. Normale Einbrecher hätten den Laptop mitgenommen, aber diese hier waren nur hinter dem einen her gewesen, der Schneeprinzessin. Nun, dachte Berta, jetzt haben sie, was sie wollten. Die beiden sind bestimmt selbst überrascht, wie gut sie das hingekriegt haben. Ihre Mundwinkel verzogen sich zu einem spitzbübischen Lächeln. Dass sie mit ihrem Coup nur die Kopie des Diamanten an Land gezogen hatten, ahnten sie garantiert nicht.

Und dennoch. Berta zog die Augenbrauen zusammen. Was, wenn sie jetzt sofort ihre Koffer packten und die Wohnung im Blauweg Hals über Kopf verließen? Dummerweise hatte sie die Polizei gebeten, am frühen Nachmittag dorthin zu gehen. Womöglich waren die Vögel dann bereits ausgeflogen. Sie sah auf die Uhr. Kurz nach eins, der Nachmittag hatte gerade erst angefangen, und der Einbruch war bestimmt schon eine Zeit lang her.

Wenn hier einer helfen kann, dachte sie, dann der Allmächtige. Eilig setzte sie ihren Obstler ab und faltete die Hände zum Gebet. Diese heimtückischen Mörder gehörten hinter Schloss und Riegel, und jede Wette, das würde auch der Herrgott so sehen.

Dann senkte sie andächtig den Kopf, um sich in ihr Gebet zu vertiefen.

38

»Ich habe eine traurige Mitteilung für Sie, Berta«, brachte ihr Herr Allgaier die Nachricht schonend bei, nachdem sie sich gesetzt hatten. Vorsichtig schob er eine Tasse Tee zu ihr hinüber. »Frau Neumann ist gestern Nachmittag verstorben. Sie ist ganz friedlich eingeschlafen.«

Es dauerte einen Moment, bis Berta verstanden hatte, dann traten Tränen in ihre Augen. Schluchzend durchsuchte sie ihre Handtasche nach einem Taschentuch. Sie war immer wieder berührt, wenn eine ihrer Bekanntschaften aus *Haus Sonnenberg* verstarb. Nie mehr würde sie die nette Frau Neumann besuchen können, nie mehr ihre Stimme hören. Es war schwer, einen lieben Menschen zu verlieren.

»Gut, dass sie nicht leiden musste«, murmelte sie und tupfte sich die Tränen ab. »Ich werde sie sehr vermissen.«

»Wem sagen Sie das«, stimmte Herr Allgaier zu, der seine Tasse festhielt, als würde sie ihm Trost spenden. »Frau Neumann war eine Frau mit Herz, so was gibt's nicht oft. Vorhin hat der Pfarrer einen kleinen Gedenkgottesdienst für sie gehalten.« Er nippte an seinem Tee. »Sehr anrührend, natürlich nur für Leute, die an so etwas glauben.«

Berta enthielt sich einer Antwort und griff nach dem Zucker. Nach der erschütternden Nachricht vom Tod der alten Dame konnte der Tee heute nicht süß genug sein.

»Anschließend habe ich ihn abgepasst und nach dieser Sache mit dem Gold gefragt«, fuhr Herr Allgaier fort. »Sie wissen schon, das Vermögen, das die Israeliten den Ägyptern abgenommen haben.«

»Was hat er dazu gesagt?«, fragte Berta, froh über die Ablenkung, und schob sich ein Kissen in den Rücken.

Herrn Allgaiers Miene zeigte mehr als deutlich, dass die Antwort des Pfarrers im großen Ganzen eine Enttäuschung gewesen war.

»Er hat natürlich alles abgestritten«, erklärte er missmutig. »Die Israeliten hätten gar nicht geplündert, sondern die Wertgegenstände freiwillig erhalten. Es könne schon sein, dass die Ägypter ihnen mehr gegeben hätten, als das sonst ihre Art war, aber Gott habe bewirkt, dass sie sich freigiebig zeigten. Diebstahl oder bösartige Plünderung sei das auf keinen Fall gewesen.«

»Genau so hatte ich das auch verstanden«, sagte Berta. »Gott hat geholfen, dass die Ägypter sie mehr als großzügig beschenkten.«

»A wa! Was soll das überhaupt heißen: Gott hat geholfen? Hat er sie hypnotisiert?« Brummig griff Herr Allgaier zur Gebäckschale. »Ich sag Ihnen eins: Das Ganze ging nicht mit rechten Dingen zu. Aber was soll's, wir können's auch nicht mehr ändern.« Er schob sich einen Keks in den Mund. »Jedenfalls hat Gott dafür gesorgt, dass die Israeliten die Sachen behalten konnten«, stellte er kekskauend fest. »Das hat selbst der Pfarrer zugegeben. Was hätte er auch sagen sollen, nachdem die armen Ägypter samt und sonders ertrunken sind, während die Israeliten mit dem Gold trocken ans andere Ufer kamen.«

»Wenigstens wissen wir jetzt Bescheid«, seufzte Berta und nippte an ihrem Tee. »Die Ägypter haben den Verlust des Goldes bestimmt bald verschmerzt.«

»Ah, die Geldumverteilung.« Herrn Allgaiers Augen blitzten. »Das Beste an der ganzen Geschichte! Wieso sollen die Ägypter auf ihren Schätzen hocken, wenn zwei Völker damit glücklich werden können? So haben beide etwas davon: Die einen sind immer noch nicht arm, und die anderen sind besser dran als vorher.« Begeistert über Gottes gerechte Einstellung griff er zu einem weiteren Keks. »Auch Jesus sagte: Es ist leichter, dass ein Kamel durch ein Nadelöhr geht, als dass ein Reicher ins Reich Gottes kommt. Da weiß man gleich, was Gott von den Reichen hält.«

Sieh einmal an, dachte Berta, Herr Allgaier hat wieder in der Bibel gelesen. »Wann ist denn Frau Neumanns Beerdigung?«, wechselte sie das Thema. »Ich möchte auf jeden Fall mit dabei sein.«

Als sie das Seniorenheim eine halbe Stunde später verließ, fühlte sie sich völlig zerschlagen. Am liebsten hätte sie sich ins Bett gelegt und die Decke über sich gezogen, aber ihr blieb nichts anderes übrig als der unwillkommenen Wirklichkeit ins Auge zu sehen. Ein Besuch bei Herrn Stempfle stand an, und später am Abend musste sie das Chaos in Michas Wohnung aufräumen. Immerhin, mit etwas Glück würde er schon morgen sein Hotelzimmer verlassen und nach Hause kommen können.

»Bitte, lieber Gott«, betete Berta still und eindringlich auf dem Weg durch die belebte Fußgängerzone. Flehentlich sah sie über die schmucken Fassaden hinweg nach oben. »Bitte lass Micha und mich dieses bisschen Glück haben, und lass mich beim Lügen vor Herrn Stempfle nicht rot werden.« Innerlich zitternd stieß sie die Glastür des Juwelierladens auf. »Bitte, lieber Gott, steh mir bei.«

39

Begierig drückte Ludwig Eberstein seine Sprechstundenhilfe gegen die Schreibtischkante und schob seine Hand in ihren Ausschnitt. »Du glaubst gar nicht, wie sehr ich dich vermisst habe«, murmelte er heiser. »Ich bin völlig ausgehungert.«

»Nicht so stürmisch«, raunte Simone und schob ihn von sich. »Wenn ich schon gleich am ersten Arbeitstag über Mittag in der Praxis bleiben muss, dann machen wir es auch so, wie ich will.«

Eine Welle heißer Erregung durchflutete seinen Körper, als er ihren sinnlich-strengen Blick auf sich spürte. Angespannt beobachtete er, wie sie sich vor ihn stellte, aufreizend langsam die Schleife an der Seite ihres Wickelkleides löste und es zu Boden gleiten ließ. Ihr Haar fiel üppig über die nackten Schultern, ihre angefeuchteten Lippen glänzten. Ludwig hielt den Atem an. Diese Frau brachte ihn schier um den Verstand. Nahtlos gebräunt war sie noch erotischer, als er sie in Erinnerung gehabt hatte, in Stilettos und diesen wahnsinnigen Dessous sah sie aus wie die Sünde selbst.

»Und jetzt«, flüsterte sie, »sag: *Bitte, bitte, liebe Simone, darf ich dich anfassen?*«

Ein Lächeln glitt über seine Lippen. Dann öffnete er langsam seine Gürtelschnalle.

40

»Gute Nachrichten, Berta«, begrüßte sie Herr Stempfle, der sie vorhin angerufen und gebeten hatte, ausnahmsweise heute zu ihm ins Geschäft zu kommen. »Gerade war die Polizei hier. Die Einbrecher von gestern Abend sind bereits hinter Schloss und Riegel. Stellen Sie sich vor: Sie hatten die gestohlenen Schmuckstücke tatsächlich in einer Flasche Zitronenpril versteckt.« Er zwinkerte ihr zu. »Merkwürdig, finden Sie nicht? Besonders, weil hier plötzlich grünes Spülmittel in der Küche steht.«

Berta wurde feuerrot. Am liebsten wäre sie in Grund und Boden versunken. Wie um alles in der Welt hatte er so schnell herausgefunden, dass sie hinter dem Einbruch steckte?

»Es tut mir wirklich schrecklich leid«, stammelte sie. »Ich ... ich ...«

Herr Stempfle fing an zu lachen. »Schon gut«, beruhigte er sie, »solange Sie das Glas in der Vitrine ersetzen. Meine Versicherung will ich damit nicht behelligen.«

Erleichtert atmete sie auf.

»Die Polizistinnen waren begeistert über den gelungenen Coup«, erklärte er. »Die anonyme Anruferin, der Fund der Waffe, mit der Gottfried Erbele getötet wurde – die Damen waren ziemlich gesprächig. Spätestens als sie die falsche Schneeprinzessin auf den Tisch legten, war mir klar, dass Sie dahinter stecken mussten. Sie waren ja erst vor wenigen Tagen mit dem Stein bei mir.«

Berta wurde abwechselnd heiß und kalt. »Selbstverständlich ersetze ich den Schaden, den ich angerichtet habe«, versprach sie, immer noch rot. »Ich war mir nicht sicher, ob die beiden die Waffe nicht längst weggeworfen hatten, deshalb kam ich auf die Idee, ihnen gestohlene Juwelen unterzujubeln.« Zaghaft lächelte sie ihn an. »Jetzt sitzen sie in Haft. Heute Nacht werde ich endlich ruhig schlafen, und mein Neffe auch.«

Vielsagend deutete Herr Stempfle auf die Tür zum Hinterzimmer. »Ich habe gerade Besuch aus Antwerpen, einen Diamantenhändler. Ich glaube, er würde Sie gerne kennenlernen.«

»Mich? Wieso denn?«

Herr Stempfle legte seine Hand auf die Klinke. »Herr van Kleef ist sehr an der Schneeprinzessin interessiert, und da Sie allem Anschein nach die Einzige sind, die ahnt, wo sie sich befindet ...«

Berta sah ihn entsetzt an. »Aber ich habe den Diamanten doch gar nicht, und die Imitation ist bei der Polizei.«

»Keine Sorge.« Der Juwelier schenkte ihr ein beruhigendes Lächeln. »Er will Sie nur kennenlernen, sonst gar nichts, und Ihnen einen kleinen Vorschlag unterbreiten.«

Seufzend folgte sie ihm ins Hinterzimmer. Was für ein Tag!

Middwoch

41

Zufrieden lehnte sich Micha zurück und schob den Eierbecher beiseite. »Ich bin heilfroh, wieder zu Hause zu sein«, bekannte er zeitungsraschelnd. »Keine Ahnung, wie Handelsreisende die ständigen Übernachtungen in solchen unpersönlichen Hotels aushalten.«

Seine Tante warf ihm einen ungnädigen Blick zu. Er sollte sich bloß nicht so anstellen. Zwei Nächte in einem Sterne-Hotel waren wohl nicht gerade schlimm, und die nächste hatte er bereits bei Sabine Eberstein verbracht, wie er ihr gerade gestanden hatte. Kopfschüttelnd betrachtete sie ihren Neffen, der aufmerksam den Sportteil studierte, und griff zu dem Teil der Zeitung, den er ihr gnädig überlassen hatte. Gott sei Dank hatte sie erst heute Morgen erfahren, dass er so töricht gewesen war, aus dem Hotel zu gehen – direkt in die Schusslinie des Killers. Auf den Schrecken hatte sie erst mal einen doppelt süßen Milchkaffee trinken müssen. Michas Sorglosigkeit war kaum zu überbieten.

Interessiert vertiefte sie sich in den Artikel über die Festnahme der beiden Verbrecher. Frau Klingler war eine international gesuchte Betrügerin, stellte sich heraus, und ihr sauberer Freund hatte bereits mehrfach wegen Körperverletzung gesessen. Die Waffe, mit der Gottfried Erbele erschossen worden war, habe er bei sich getragen. Frau Klingler beteuere derweil, von der Sache nichts zu wissen. Allerdings habe sie einen großen Diamanten aus Herrn Erbeles Besitz in der Tasche gehabt und bleibe, auch wegen ihrer früheren Betrügereien, bis auf Weiteres in Untersuchungshaft.

So weit, so gut. Stirnrunzelnd faltete Berta die Zeitung zusammen. Keine Rede von dem geheimnisvollen Auftraggeber der beiden. Nachdenklich strich sie ihr Weckle mit Butter auf. Es musste aber einen geben.

»Seinem Auftraggeber widerspricht man nicht«, hatte Frau Klingler in Gottfried Erbeles Villa gesagt. Das hatte sie mehr als deutlich gehört – und dass die beiden nach Hause wollten. Erst zum Essen, dann nach Hause und ins Bett. Der Mann mit der Sonnenbrille war totmüde gewesen. Warum, fragte sie sich, hatte er dann nachts mit der Waffe in der Hand vor Michas Hotel gestanden? Nachdenklich goss sie sich eine weitere Tasse Kaffee ein.

»Wusstest du, dass die beiden einen Auftraggeber hatten?«, unterbrach sie das Lesevergnügen ihres Neffen. »Ich habe gehört, wie Frau Klingler das gesagt hat.«

»Unsinn.« Missmutig riss sich Micha von den Sportergebnissen los. »Das hast du bestimmt falsch verstanden. Außerdem stünde es in dem Artikel, wenn es so wäre.«

»Du sagst doch selbst immer, dass die Leser nur die Hälfte von dem erfahren, was wirklich vor sich geht«, insistierte seine Tante. »Man soll nicht alles glauben, was in der Zeitung steht.«

»Und du sollst dich nicht in Sachen verrennen, die du erlauscht zu haben meinst«, kam seine Antwort. »Wenn du mich fragst, ist die Sache ausgestanden. Gottfried ist tot, sein Mörder verhaftet und die Kopie der Schneeprinzessin ist auch wieder da.« Er zuckte mit den Schultern. »Was willst du denn noch?«

»Den Auftraggeber finden, zum Beispiel«, sagte sie. »Oder die Schneeprinzessin.«

Micha tippte sich an die Stirn. »Also wirklich, Tante Berta. Du hast wohl zu viele Krimis geguckt.« Kopfschüttelnd griff er zum Brotkorb. »Ab morgen wird wieder ganz normal gearbeitet, ohne Killer, Mord und Totschlag, und nachher ist das Ulmer Volksfest angesagt. Heute gibt's da alle Attraktionen zum halben Preis. Das will ich auf keinen Fall verpassen.«

Zucker. Seine Tante brauchte Zucker und rührte mehrere Löffel in ihre Tasse. Sie runzelte die Stirn. Wenn Micha ihr nicht glaubte, würde das auch sonst keiner tun. Nachdenklich trank sie einen Schluck Kaffee. Was nun? Aufgeben oder allein weitermachen? Hilfe suchend sah sie nach oben.

42

»Musst du dieses Gestrüpp unbedingt ständig auf den Kopf setzen?" Dr. Eberstein sah seine Frau abschätzig an. »Du weißt genau, was ich von dem Haarteil halte.«

»Mein Haar ist viel zu dünn, als dass ich darauf verzichten könnte. Außerdem sind Haarteile in.« Sie schlenderte zum Barschrank hinter dem Sofa und schüttete ein paar Eiswürfel in ihr Glas. »Willst du auch einen Whisky?«

»Einen Doppelten, bitte.«

Mittwochnachmittags war die Praxis geschlossen. Er hatte also keine Patienten mehr, die sich an der Alkoholfahne stören könnten, und den Drink hatte er verdammt nötig. Besonders jetzt, nachdem Lisas Leiche gefunden worden war. Nervös ging er im Wohnzimmer auf und ab. Als die Polizei am Montag in der Praxis erschienen war, hatte er den Adrenalinstoß des Jahrhunderts bekommen. Sie wollten ihn verhaften und einsperren, hatte er gedacht, aber dann hatten sie sich nur nach Angehörigen der Toten erkundigt. Seitdem lebte er in Angst und Schrecken.

Margot reichte ihm sein Glas.

»Ich muss mit dir reden.« Sie setzte sich. »Jetzt gleich.«

»Wenn's unbedingt sein muss«, sagte er und trank einen Schluck im Stehen, bevor er sich in die Polster des Ledersofas fallen ließ. Es interessierte ihn seit Jahren nicht mehr, was Margot ihm zu sagen hatte. »Schieß los, ich höre.«

Sie erzählte es ihm; klar, deutlich und unwiderruflich in ihrer durchdringenden Allerweltsstimme, die ihm früher lockend und weiblich erschienen war. Es dauerte eine volle Minute, bis die Neuigkeit in sein Hirn gedrungen war, bis er kapiert hatte, dass sie ihn verlassen würde. Und mit wem.

Er schwitzte. Schlimmer hätte es nicht kommen können. Wenn das herauskam, würde sich der ganze Ort darüber das Maul zerreißen. Er würde dastehen wie ein kompletter Volltrottel; der Witzbold von Blaubeuren.

Er stand auf und kippte seinen Whisky hinunter, bevor er zum Barschrank ging.

»Wann?«, fragte er und schenkte sich den nächsten Drink ein. Es ärgerte ihn, dass Margot sich nicht einmal zu ihm umdrehte, obwohl er eine Frage gestellt hatte. Sie saß mit ihrem Glas auf dem Sofa und guckte geradeaus, als gäbe es ihn gar nicht.

»Noch heute«, antwortete sie. »Ich hätte schon vor Jahren ausziehen sollen.« Sie drehte ihr Glas zwischen den Fingern, sodass die Eiswürfel aneinander klapperten. »Dumm von mir, zu denken, dass du dich ändern würdest.«

Wie betäubt sah Ludwig Eberstein auf sie hinab, auf die blonde Pracht des Haarteils, ihre schmalen Schultern, die eleganten Falten des türkisfarbenen Kleides. Keine Frage, Margot war eine gut aussehende Frau. Eine, mit der man angeben konnte, um die die Freunde vom Tennis Club ihn beneideten. Das perfekte Accessoire für einen Mann seines Kalibers. Natürlich hatte er sie vom ersten Tag an betrogen, langweilig wie sie war, aber welcher Ehemann tat das nicht?

Keiner durfte das je erfahren, schoss es ihm durch den Kopf. Niemand durfte wissen, dass Margot ihn für eine Frau verließ. Wie im Traum umschlossen seine Finger die Sodaflasche, die kühl und schwer neben dem Eiskübel stand. Niemals!

Dann sauste die Flasche auf ihren Hinterkopf hinab.

Er hatte Glück. Margot war nicht nur mausetot, sondern blutete auch nicht. Das Haarteil hatte ganze Arbeit geleistet und die Platzwunde, die durch den Schlag entstanden war, effektiv bandagiert. Erleichtert atmete er auf. Wo keine Blutspuren waren, konnte die Polizei auch keinen Mordschauplatz vermuten. Jetzt musste er nur noch ans andere Ende der Stadt fahren und ihre

Leiche abladen. Er wusste auch schon wo: im Garten ihrer Geliebten.

Dummerweise war sein Wagen immer noch in der Werkstatt, blieb also nur Margots hellblaues Smart Cabriolet. Ein Blick in den Kofferraum zeigte, dass sie dort nicht hineinpassen würde. Ludwig sog scharf die Luft ein. Die Leiche musste auf den Beifahrersitz.

Nachdem er seine Frau durch den Keller in die Garage geschleppt hatte, setzte er sie ins Auto und schnallte sie an. Sofort rollte ihr Kopf leblos nach vorn. Ludwig zog die Brauen zusammen. Er musste sie festbinden, sonst würde jeder Blinde merken, dass er mit einer Toten spazieren fuhr.

Zehn Minuten später rollte Margot Hübner-Ebersteins blauer Flitzer aus der Einfahrt und fuhr quer duch die Stadt in Richtung Blaubeurer Tunnel. Unter dem Schutz einer Schirmmütze, die sein Gesicht mehr oder weniger verbarg, warf ihr Mann einen kurzen Blick auf die Tote, die scheinbar ganz entspannt auf dem Beifahrersitz saß. Ihr Seidentuch, das dezent die Schnur bedeckte, mit der er ihren Kopf an der Nackenstütze fixiert hatte, flatterte fröhlich im Wind. Gleichzeitig sorgte der Knoten unter ihrem Kinn dafür, dass ihr Unterkiefer nicht herunterfiel.

Vier Uhr. Dr. Eberstein lächelte. Sehr praktisch. Jetzt war halb Blaubeuren auf dem Ulmer Volksfest, um von den billigen Tickets zu profitieren. Wahrscheinlich einschließlich dieser rothaarigen Tussi, Margots Liebhaberin. Zufrieden drückte er aufs Gaspedal. Er würde ihr sein kleines Geschenk in die Büsche legen, und dann nichts wie ab zu Simone, seinem sexy Alibi. Für Geld bestätigte die alles, was er wollte. Kein Mensch würde erfahren, was er heute sonst noch getrieben hatte. Margots Herzallerliebste sollte selbst sehen, wie sie der Polizei die Tote in ihrem Garten erklärte.

Er fuhr Richtung Tunnel; die Tussi wohnte auf der anderen Seite, in Seißen. Kaum jemand in Sicht. Margots Cabrio war eins der wenigen Autos auf der Straße, dem Volksfest sei Dank. Lediglich unmittelbar vor dem Tunnel standen ein paar Fahrzeuge am Straßenrand, wahrscheinlich ein Unfall. Er traute seinen Augen nicht, als plötzlich ein Polizeiwagen quer über die Fahrbahn rollte und seinen Weg versperrte. Aus den Autos am Bordstein schossen Leute mit Kameras heraus und umzingelten das himmelblaue Cabrio. Blendendes Blitzlichtgewitter flammte gleißend auf ihn nieder.

»Gratuliere«, strahlte ihn ein SWR-Reporter an und hielt ihm das Mikro unter die Nase. »Sie sind der zehnmillionste Benutzer des Blaubeurer Tunnels.«

Ludwig fehlten die Worte, seine Kehle fühlte sich rauh an wie Sandpapier. Der Reporter, dicht gefolgt von einem Kameramann, hatte bereits sein nächstes Opfer im Visier.

»Gnädige Frau, Sie haben einen Bildband über die schönsten Schlösser Deutschlands gewonnen. Was sagen Sie dazu?«

In diesem schrecklichsten Moment seines Lebens wurde Ludwig Eberstein Zeuge, wie die entsetzlich toten Augen seiner Frau blind und ausdruckslos in die Kamera starrten und von dort aus in Millionen deutsche Wohnzimmer.

43

Kirmes! Kopfschüttelnd steckte Berta den Schlüssel ins Schloss. Die ganze Stadt schien vom Ulmer Volksfestfieber ergriffen zu sein, so ausgestorben wie es überall war. Sie lächelte. Wenn sie nachher nach Hause kam, würde Micha von nichts anderem mehr sprechen.

Langsam drehte sie den Schlüssel und öffnete die Haustür. Diesmal hatte sie nicht den Nebeneingang durch die Garage gewählt. Warum auch? Der Fall war mittlerweile geklärt, die erste Aufregung über Gottfried Erbeles gewaltsamen Tod hatte sich gelegt. Kein Mensch würde es verdächtig finden, wenn eine fremde Frau die Villa betrat; man würde sie für eine Verwandte halten oder eine Immobilienmaklerin. Außerdem waren im Moment sowieso alle auf der Kirmes. Wer beobachtete da schon die Villa des Toten?

Geschwind trat sie ein und zog die Haustür hinter sich zu. Wie ruhig es hier ist, dachte sie. Wie friedlich. Die kühle Stille der Eingangshalle, der Marmorboden, die enorme Höhe des Raumes – fast wie in einer Kirche. Ein Blick durch die geöffneten Flügeltüren ins angrenzende Wohnzimmer zerschmetterte die feierliche Atmosphäre; hier hatten Frau Klingler und der Killer gewütet. Anscheinend war der Einbruch noch nicht entdeckt worden; alles lag noch ebenso durchwühlt da wie vor zwei Tagen.

Berta hielt sich nicht lange auf, sondern begab sich zügig durch die Geheimtür in der Wandvertäfelung in die Garage, um die große Leiter zu holen, die sie neulich dort gesehen hatte.

»Das wäre geschafft«, murmelte sie, als sie das Monstrum schließlich in die Halle geschleppt und aufgestellt hatte. Dann stieg sie zum Kronleuchter hoch, um die funkelndste aller Prinzessinnen aus ihrem Versteck zu holen.

»Prinzessin ... Nehmen Sie«, hatte Gottfried Erbele gesagt. Eindeutiger ging es nicht mehr: Er hatte ihr den Stein anvertraut, ihr allein, und sie würde ihr Möglichstes tun, sein Vertrauen in sie nicht zu enttäuschen.

Vorsichtig löste sie den Diamanten, steckte ihn in einen Samtbeutel, den sie vorsorglich mitgebracht hatte, und schob ihn in ihre Jackentasche. Lächelnd beobachtete sie das Lichtspiel der fein geschliffenen Tropfenkristalle, die den Raum zum Strahlen brachten. Welcher Glanz! Ein Leuchter dieser Größe musste eine ganze Menge wiegen. Sicher gar nicht so einfach, ein solches Monstrum an der Decke zu verankern. Ihr Blick glitt nach oben, wo er staunend verharrte. Berta sog scharf die Luft ein. Dieser Kronleuchter war überhaupt nicht in der Decke der Kuppel fixiert. Vielmehr wurde er durch ein starkes, anscheinend elektronisch betriebenes Drahtseil gehalten, das duch einen robusten, geschlossenen Haken lief, der aus der Decke ragte. Er musste einiges Gewicht tragen können. So ein Kronleuchter wog doch locker hundert Kilo, schätzte sie. Neugierig folgte ihr Blick dem Seil. Zuerst über eine Rolle, dann die Decke entlang und über eine weitere Rolle hinweg, und von dort diskret durch einen der Vorhänge verdeckt nach unten. Ein Flaschenzug.

Was es nicht alles gab! So ganz geheuer war ihr diese Aufhängung allerdings nicht, auch wenn Gottfried Erbele sie für sicher gehalten hatte. Vorsichtig stieg sie die Leiter herab, trat interessiert ans Fenster und schob den Vorhang beiseite. Sofort fiel ihr die Aufladestation ins Auge. Der Flaschenzug hatte einen Motor mit Fernbedienung, stellte sich heraus, mit der man den Leuchter hoch- und runterfahren oder das Drahtseil komplett lösen konnte. Scheinbar ganz einfach. Schade, dass sie Micha nicht davon berichten konnte, ohne den Einbruch in die Villa einzugestehen. Er wäre bestimmt sauer, wenn er mitbekam, dass sie die Finger nicht von dem Fall lassen konnte. Die Sache mit dem Diamanten brauchte er sowieso nicht zu erfahren. Er hätte nicht das leiseste Verständnis dafür, das wusste sie jetzt schon. Sollte er lieber ahnungslos im Karussell sitzen und das Ulmer Volksfest genießen. Sie schob den

Vorhang wieder über das Drahtseil und machte sich daran, die Leiter zurück in die Garage zu stellen. Wie sagte man doch so schön? Reden ist Silber, Schweigen ist Gold.

44

Im »Almhüttendorf« auf dem Ulmer Volksfest war der Bär los. Die ganze Stadt war zum Feiern unterwegs, schien es Micha, und ganz Blaubeuren ebenso. Seine Freunde waren jedenfalls samt und sonders hier versammelt, um mächtig auf die Pauke zu hauen.

»Hey, Micha, trinkst du 'n Bier mit?«, rief jemand zu ihm hinüber, aber er winkte ab. Sabine wollte später bei ihm zu Hause vorbeikommen, um seine berühmten *Spaghetti alla Micha* zu probieren, mit jeder Menge Chili und Knoblauch. Ein Blick auf die Uhr verriet ihm, dass es höchste Zeit war, nach Hause zu fahren. Vor ihrer Ankunft musste er unbedingt noch den Bratwurst- und Volksfestmief ablegen, der ihn umwehte, und Teelichter auf den Balkon stellen. Ganz romantisch. Der Abend versprach, angenehm lau zu werden, deshalb hatte er sich entschieden, den Tisch draußen zu decken.

Bester Laune fuhr er mit geöffnetem Autofenster nach Hause. Die milde Abendluft schien ihm heute smogfreier denn je, würzig-frisch wie auf der Alb. Fehlte nur noch die lila Kuh. Ihm war ein Rätsel, wie die meisten Menschen es aushielten tagein, tagaus in geschlossenen Räumen zu bleiben. Er selbst konnte immer nur wenige Stunden drinnen sein, dann zog es ihn unwiderruflich raus in die Natur. Zum Joggen, Spaziergang oder, streng beruflich, einer Überwachungstätigkeit.

Als das Mietshaus, in dem er wohnte, vor ihm auftauchte, sah er instinktiv nach oben. In Tante Bertas Wohnung brannte Licht, sie war also zu Hause. Hoffentlich kam sie nicht auf die Idee, ihm heute Abend einen Besuch abzustatten. Seufzend parkte er den Wagen. Leider hatte sie die Angewohnheit, immer gerade dann mit selbstgebackenen Bredla bei ihm aufzutauchen, wenn er es sich mit einer attraktiven Frau gemütlich machen wollte, besonders, wenn seine Liebste ihrer Meinung nach nicht die Richtige für ihn war. Sicherheitshalber hatte er ihr deshalb von seinem Rendezvous mit Sabine nichts erzählt.

Pfeifend ging er die Treppe hinauf in seine Wohnung. Gerade hatte er sich unter der Dusche eingeseift, als es an der Tür klingelte. Verdammt, ob das bereits Sabine war? Fluchend spülte er den Schaum unter dem warmen Wasserstrahl ab und trat aus der Kabine. Mittlerweile klingelte es Sturm.

»Ich komm ja schon«, brummte er ungehalten. Wenn er etwas hasste, dann beim Duschen gestört zu werden.

Ein Handtuch um die Hüften, öffnete er die Tür. Sabine stand im Türrahmen. Aus verquollenen Augen blinzelte sie ihn an und warf sich in seine Arme, wo sie in Tränen ausbrach.

»Was ist denn?«, fragte Micha und zog sie in die Wohnung. Weinende Frauen machten ihn nervös. »Ist etwas passiert?«

Sie schluchzte in seine Achselhöhle hinein. »Mein Vater«, stammelte sie schniefend. »Sie haben ihn verhaftet.«

Micha runzelte die Stirn. Verhaftet? »Warum denn, um Gottes Willen?«

Sabine heulte nur noch schlimmer.

»Weil er ..., weil er ...«, setzte sie schließlich an und sah unglücklich zu ihm auf. Als sie es endlich aussprach, war ihr Flüstern kaum zu verstehen. »Er hat meine Mutter umgebracht.«

Fassungslos drückte er sie an sich und strich ihr tröstend übers Haar. Dr. Eberstein hatte seine Frau ermordet? Schlimmer konnte es Sabine gar nicht treffen. Was sagte man bloß in so einer Situation? Es wird schon wieder gut?

Unbeholfen manövrierte er sie in einen Sessel. »Ich mach uns erst mal einen Tee, okay?«, sagte er und nickte ihr aufmunternd zu. »Dann kannst du mir ganz in Ruhe erzählen, was passiert ist.«

Fluchtartig begab er sich in die Küche. Tante Berta wüsste jetzt genau, was man tun oder sagen musste, um das arme Mädchen zu beruhigen. Aber er?

»Lieber Gott, steh mir bei«, murmelte er. Hektisch schaltete er den elektrischen Wasserkocher an.

Nervös wanderte er zwischen Küche und der weinenden Sabine hin und her, tätschelte sie unsicher, brühte den Tee auf, küsste ihr zart die Tränen von der Wange und holte Tassen aus dem Geschirrschrank. Als er schließlich das Teetablett vor sie auf den Couchtisch stellte, kam ein Engel zu Hilfe, um ihm in seiner Not beizustehen.

»Die Haustür stand offen«, verkündete Tante Berta mit glockenheller Stimme und schwebte, ein Teller mit Käsfüßle in der Hand, geradewegs ins Wohnzimmer. Sie stutzte, als sie Sabines verheultes Gesicht sah. Neugierig sah sie von einem zum anderen. »Was ist denn hier los? Ist etwas passiert?«

Doschdig

45

»Ich kann dir gar nicht sagen, wie dankbar ich bin«, beteuerte Mandy Lovejoy nun schon zum dritten Mal. »Nicht auszudenken, was passiert wäre, wenn du nicht darauf bestanden hättest, dass ich einen weiteren Facharzt zu Rate ziehe.«

»Gott sei Dank wissen wir jetzt Bescheid«, lächelte Berta und fütterte Sir James, der zu ihren Füßen lag, mit einem Hundekeks. »Ich bin heilfroh, dass du so schnell operiert werden kannst und dass eine gute Chance auf Heilung besteht.«

»Allerdings«, stimmte Mandy erleichtert zu. »Noch zwei Wochen, sagte Frau Dr. Sutter, und es sei nichts mehr zu machen gewesen.« Seufzend sah sie auf die Uhr. »Da sitze ich hier und trinke Tee, obwohl ich eigentlich meine Koffer fürs Krankenhaus packen sollte. Ich soll um fünf Uhr dort sein.«

»Deine Koffer?«, fragte Berta in gespieltem Entsetzen. »Das Bisschen, das du brauchst, geht doch bequem in eine Tasche. Wäsche, Nachthemden, Slipper, dazu noch Kulturbeutel und Bademantel. Wer braucht für so was mehrere Koffer?«

»Ich zum Beispiel«, schmunzelte Mandy. »Es ist immer gut, für alle Eventualitäten gerüstet zu sein. Selbst im Krankenhaus.«

Berta lächelte. »Bevor du gehst, habe ich noch etwas für dich.« Sie stand auf und zog die oberste Schublade einer Nussbaumkommode auf. Nachdem sie darin gefunden hatte, was sie suchte, übergab sie das Schriftstück feierlich ihrer Freundin. »Ich glaube, dies gehört dir.«

Erstaunt starrte Mandy auf das Dokument. »Mein Gott, Berta, die Heiratsurkunde! Das ist ja fantastisch! Woher hast du sie?«

Bevor Berta sich eine passende Antwort aus den Fingern saugen konnte, wurde Mandy von einem heftigen Hustenanfall abgelenkt.

Gott sei Dank! Berta atmete erleichtert auf. Eine Frau braucht auch mal ein Geheimnis. Sie hatte nicht die Absicht, Mandy zu verraten, dass ihr Verlobter eine Geliebte gehabt hatte, mit deren Schlüssel sie in dessen Villa gelangt war. Manche Dinge blieben besser ungesagt.

Nachdem ihr Husten sich gelegt und sie ein Glas Wasser getrunken hatte, sah Mandy sich suchend im Zimmer um. »Hast du zufällig einen Shredder, mit dem wir dieses Stück Papier zerhäckseln können?«

»Nicht bei mir im Wohnzimmer.« Berta gab Sir James einen freundlichen Klaps. »Aber unten bei Micha steht einer. Was ist, wollen wir runter gehen und Nägel mit Köpfen machen?«

»Worauf du dich verlassen kannst.« Grinsend hob Mandy das balinesische Dokument in die Höhe. »Meine Schwägerin wird sich schwarz ärgern, aber ohne diese schmucke Urkunde kann sie nichts gegen mich ausrichten.« Mit erhobenem Daumen und Zeigefinger formte sie eine Null. »Gar nichts.«

Sobald ihre Freundin nach Hause gegangen war, trabte Berta mit Sir James wieder nach oben. Solange sein Frauchen im Krankenhaus lag, würde er bei Micha und ihr bleiben. Auf ihren Chauffeur war kein Verlass, hatte Mandy entschieden, außerdem war *Rundum Sorglos* längst Sir James' zweites Zuhause geworden, bei all den köstlichen Hundekeksen, die es hier abzustauben gab.

»Was?!«, schlug ihr Rick Lovejoys sonore Stimme aus dem Hörer entgegen, nachdem sie ihm telefonisch mitgeteilt hatte, dass das Dokument zerschreddert und seine Schwägerin auf dem Weg ins Krankenhaus sei. »Mandy hat einen Tumor? Und das sagen Sie mir erst jetzt?«

»Ich hab's ja selbst gerade erst erfahren«, beschwichtigte Berta den aufgebrachten Amerikaner. »Und bin heilfroh, dass diese Ärztin so schnell den Grund für den Husten feststellen konnte. Aber was Mandy jetzt vor allem braucht, ist diese Operation und ganz viel Ruhe. Keinen Schwager, der sie noch nervöser macht als sie schon ist.«

»Soll das heißen, dass ich sie nicht besuchen soll?«, knurrte er durchs Telefon.

»Im Gegenteil«, antwortete Berta. »Besuchen Sie sie so oft sie wollen, aber machen Sie ihr keine Vorwürfe und bringen Sie keine schwierigen Themen auf.« Sie lächelte. »Ich wette, Sie machen das goldrichtig.«

»Da wäre ich mir nicht so sicher«, antwortete Rick. »Bisher habe ich immer alles falsch gemacht, wenn es um Mandy ging. Und jetzt ist sie so krank.«

»Sie mögen viel in Ihrem Leben vermurkst haben«, sagte Berta, »aber Mandy wird jedes Mal rot, wenn Ihr Name fällt. Wenn Sie mich fragen, hätten Sie es gar nicht besser machen können.«

Am anderen Ende der Leitung wurde es still. »Wissen Sie was«, sagte er schließlich. »Ich war wirklich ein verdammter Idiot, Mandy gehen zu lassen. Beten Sie für uns, Berta. Das können wir jetzt am meisten brauchen.«

Lächelnd legte sie den Hörer aus der Hand. Genau das hatte sie sowieso vorgehabt. Stirnrunzelnd nahm sie die Visitenkarte auf, die einsam auf dem Telefontisch lag, und betrachtete sie nachdenklich. Schließlich ging durch sie ein Ruck, entschieden griff sie erneut zum Telefon. Es war Zeit für einen Anruf in Antwerpen. Herr van Kleef wartete sicher schon darauf.

46

Glück gehabt, dachte Berta und zog leise die Tür hinter sich zu. Nachdem Dr. Eberstein anscheinend seine Frau auf dem Gewissen hatte, hätte es gut sein können, dass seine Arztpraxis polizeilich versiegelt war.

Ihre Anwesenheit würde niemandem verdächtig vorkommen, entschied sie und knipste das Licht an, falls überhaupt einer der Nachbarn die Praxis im Auge behielt. Schließlich kam sie regelmäßig abends zum Putzen hierher. Alles genauso wie sonst.

Ohne viel Zeit zu verlieren, ging Berta auf den großen Karteikasten mit den Krankenunterlagen zu und öffnete die Lade mit dem Buchstaben L für Lovejoy.

»Na also«, murmelte sie zufrieden, als sie fündig geworden war, und setzte sich mit Mandys Akte hinter das Rezeptionspult. »Jetzt wollen wir doch mal sehen, was hier steht.«

Zehn Minuten später hatte sie die Unterlagen von A bis Z durch. »Ich verstehe das nicht«, murmelte sie und las alles noch mal von vorn.

Der Befund war ganz eindeutig: Amanda Lovejoy hatte einen Lungentumor und musste dringend operiert werden. Gut, nach ihrem Besuch bei Frau Dr. Sutter wusste Mandy das jetzt auch. Aber hier stand, dass Dr. Eberstein sie schon vor Wochen schriftlich über den Befund informiert hatte. Selbst eine Kopie seines Briefes war bei den Akten.

Wie kam es also, dass Mandy einen völlig anderen ärztlichen Befund von ihm erhalten hatte? Einen, in dem stand, dass sie gesund sei. Berta runzelte die Stirn. Und warum hatte Sabine, die in der Zeit Ferienvertretung für die neue Sprechstundenhilfe gemacht hatte, bestätigt, dass mit Mandy alles in Ordnung war? Am Telefon hatte sie sogar den Text des Briefes vorgelesen. Ein Irrtum war ausgeschlossen, über den Lautsprecher hatte sie selbst jedes Wort mitgehört.

Nachdenklich stand Berta auf und legte die Akten wieder dorthin zurück, wo sie hingehörten.

Die Sache stank zum Himmel, entschied sie. Wie ein gammeliger Fisch unter der Heizung. Und sie hatte eine ziemlich genaue Vorstellung davon, wer sich als dieser verdorbene Fisch entpuppen würde.

Sie sah auf die Uhr. Kurz vor acht, das Geburtstagsessen bei Michas Freund Thommy hatte gerade erst angefangen. In den nächsten Stunden würden Sabine und er also aufs Herrlichste unterhalten sein. Lächelnd zog sie einen Schlüssel aus der Tasche. Es war Zeit für einen Besuch in Sabines netter kleiner Wohnung.

Sabine schien ein ordentlicher Mensch zu sein, bemerkte Berta auf den ersten Blick. Alles war aufgeräumt, abgestaubt und stand exakt an seinem Platz. Selbst die bunten Kissen, die wohl zum gemütlichen Sitzen auf dem Sofa einladen sollten, waren nebeneinandergereiht wie paradierende Soldaten. Sie seufzte. Keine Ahnung, wie Micha auf die Idee kam, dass sie beide zusammenpassten. Sabines Ordnungsliebe war Lichtjahre von dem Chaos entfernt, in dem Micha sich erst so richtig wohlfühlte.

Das Dumme war, dass Berta eigentlich nicht wusste, wonach sie überhaupt suchte. Wahrscheinlich war es am besten, mit ihrem Schreibtisch anzufangen.

Sobald sie die erste Schublade aufzog, wusste sie, dass sie einen Glücksgriff gemacht hatte. Gleich obenauf lag ein Umschlag vom Jugendamt.

»Sieh einmal an«, murmelte Berta überrascht, nachdem sie den Inhalt überflogen hatte. »Die Ebersteins haben die Kleine damals adoptiert.« Ein zweiter, gründlicher Blick auf die Unterlagen brachte auch den Namen ihrer leiblichen Mutter zu Tage: Amanda Seiler. Berta stockte der Atem.

»Guter Gott«, hauchte sie. »Sabine ist Mandys Tochter.«

Freidig

47

Ihre Entdeckung, dass Sabine niemand anderes als das Kind von Rick Lovejoy und Mandy war, hatte sie die ganze Nacht lang wachgehalten, Stunde um Stunde. Müde rührte Berta Zucker in ihren Kaffee und blinzelte durch die Balkontür hinaus in den morgendlichen Sonnenschein. Noch nicht einmal der Morgenspaziergang mit Sir James, der nun zufrieden unter dem Küchentisch lag und vor sich hindöste, hatte sie munter gemacht. Stundenlang hatte sie sich hin und her gewälzt, her und hin überlegt, die Geschehnisse immer wieder vor ihrem geistigen Auge Revue passieren lassen. Hin und her. Her und hin. Als sie die Puzzleteilchen schließlich zusammengefügt hatte und ziemlich sicher wusste, wie die Ereignisse zusammenhingen, wurde es bereits hell. Erschöpft fiel sie in einen kurzen, traumlosen Schlaf.

»Was nun?«, fragte sie Gott und legte den Löffel beiseite. »Jetzt sitze ich hier mit all meinen Mutmaßungen und weiß nicht, was ich machen soll.« Resigniert trank sie einen Schluck Kaffee. »Auf jeden Fall muss ich mit Sabine sprechen«, erklärte sie dem Herrgott. »Ich brauche keine Mutmaßungen, sondern Gewissheit und eine Anleitung, wie ich handeln soll. Die Situation erfordert höchstes Fingerspitzengefühl.«

Ein Blick auf die Uhr verriet ihr, dass sie keine Minute länger sitzenbleiben und auf Gottes Antwort warten konnte, sondern sofort ins Büro hinuntergehen sollte. Micha, der heute früh zur Polizei gehen musste, um seine Aussage wegen der Schießerei vor dem Hotel zu unterschreiben, und anschließend zum Zahnarzt, erwartete eine dringende Büchersendung und hatte sie gebeten, die Lieferung in Empfang zu nehmen. Außerdem hatte *Rundum Sorglos* mal wieder eine Rundum-Putzaktion nötig.

»Eigentlich hätte er auch Sabine fragen können«, brummelte sie und stapfte die Treppe hinunter. »Dann hätte ich ein Problem weniger.«

Stattdessen musste sie jetzt zusehen, wie sie Michas neue Liebe allein zu fassen bekam, um mit ihr Tacheles zu reden, möglichst weit außerhalb seiner Hörweite. Probleme dieser Art waren das Letzte, das sie im Moment gebrauchen konnte; sie sehnte sich nach Ruhe und Frieden. Aufgewühlt wie sie war, konnte sie keinen klaren Gedanken fassen.

Nichts beruhigte mehr als Aufräumen und Saubermachen, machte sie sich selbst Laune und holte Michas Putzutensilien aus dem Schrank. Solange Gott ihr nicht den richtigen Weg gewiesen hatte, konnte sie sowieso nicht viel ausrichten.

Vierzig Minuten später sah Bertas Welt schon wieder rosiger aus. Michas Wohnung strahlte, als wäre Meister Proper hindurchgewirbelt. Kein bissele Staub auf den polierten Oberflächen, keine unordentlichen Papierstöße in den Ecken und in der Schrankwand konnte man sich fast schon spiegeln. Selbst das Paket war bereits geliefert worden. Berta lächelte. Wie erwartet, hatte ihr die Aufräumaktion gutgetan. Putzenderweise hatte sie nicht nur ihre Gedanken geordnet, sondern war jetzt hellwach und munter wie ein Fisch im Wasser. Keine Spur mehr von der durchwachten Nacht.

Der Abreißkalender auf Michas Schreibtisch fiel ihr ins Auge. Der, den sie ihm zu Beginn des Jahres geschenkt hatte, nachdem sie ihn selbst vom Pfarrer bekommen hatte. Sehr hübsch und praktisch, mit christlichen Leitsprüchen für jeden Tag des Jahres. Aber mehr als einen Kalender brauchte man nicht, fand sie. Sie selbst bekam jedes Jahr gleich mehrere geschenkt, suchte sich den schönsten aus und gab die anderen weiter.

»Liebe deinen Nächsten«, stand in schnörkeliger Schrift auf dem gestrigen Kalenderblatt, dazu die Zeichnung einer bunt zusammengewürfelten Gruppe von Leuten verschiedenster Hautfarben und Altersgruppen. Ein hübsches Bild, dachte Berta, eigentlich viel zu schade zum Wegwerfen. Vorsichtig riss sie das Kalenderblatt ab. Ihr Blick fiel auf den Leitspruch von heute: »Der Herr ist mit dir.«

Sofort fühlte sie sich seltsam angesprochen. Kein Zweifel, dass es sich hier um Gottes Antwort auf ihre Frage von vorhin handelte. Aber was wollte er ihr damit mitteilen? Dass er auf ihrer Seite war, dass er ihr beistand, ja. Aber sie hatte gefragt, wie sie handeln sollte. Stirnrunzelnd betrachtete sie das Bild unter den Worten genauer, aber auch hier fand sich scheinbar keine Lösung. Die schlichte Zeichnung zeigte eine Frau, auf die der Heilige Geist niederfuhr. Nicht gerade gut gezeichnet, fand Berta, die weiße Taube sah entschieden zu plump aus. Aber wie auch immer, das half ihr alles nicht weiter.

48

»Sind Sie sicher, dass sich alles so abgespielt hat, wie Sie es in Ihrer Aussage geschildert haben?«, fragte der Polizeibeamte.

»Es war genau so, wie ich es angegeben habe«, antwortete Micha. »Warum? Gibt es ein Problem?«

»Nein, nein«, wehrte der Polizist ab. »Mir kommt es komisch vor, dass wir nur eine Kugel gefunden haben.«

»Eine Kugel, ein Schuss.« Micha zuckte die Achseln. »Es gab nur den einen, was sollte daran merkwürdig sein? Das habe ich doch alles zu Protokoll gegeben.«

»Normalerweise schießen professionelle Killer aber zweimal«, kam die Antwort. »Wahrscheinlich liegt die zweite Kugel irgendwo rum, ohne dass wir sie entdeckt haben.« Er schob sich den Kugelschreiber hinters Ohr. »Dass Sie nur einen Schuss mitgekriegt haben, sagt gar nichts. Die meisten Opfer hören noch nicht mal einen einzigen, sondern halten den dumpfen Knall für Türenschlagen oder ein anderes alltägliches Geräusch.«

Ungeduldig schnaubte Micha durch die Nase. Der Polizist konnte sagen, was er wollte; er selbst konnte schwören, dass es nur einen Schuss gegeben hatte und keinen weiteren.

»Und außerdem«, fuhr sein Gegenüber fort, »woher wusste der Typ überhaupt, dass Sie in diesem Hotel abgestiegen waren? Wäre er Ihnen schon vorher dorthin gefolgt, hätte er Sie gleich dann abknallen können.« Er zog den Kugelschreiber wieder hervor und kratzte sich damit genüßlich im Nacken. »Irgendjemand muss ihm also gesteckt haben, wo Sie sind.«

»Wollen Sie damit sagen, dass das jemand war, den ich kenne?« Micha sah ihn empört an. »Also, meine Tante war es bestimmt nicht. Deren Idee war es überhaupt, dass ich dort absteige, und sonst wusste keiner, wo ich war.«

»Na ja«, bemerkte der Polizist. »So ganz stimmt das aber nicht. Schließlich hatten Sie dort Besuch von Ihrer Freundin. Die hat also auch gewusst, wo Sie waren.«

»Sie wollen doch wohl nicht andeuten, dass meine Freundin etwas mit der Sache zu tun hat?« Der Mann spann wohl! »Schlagen Sie sich das gleich mal aus dem Kopf. Warum fragen Sie die beiden Ganoven nicht selbst, wer ihnen was gesteckt hat?«

»Das würden wir gerne, aber die beiden halten den Mund verschlossen wie Austern ihre Schalen. Ihr Anwalt hat ihnen geraten, erst mal gar nichts zu sagen. Sehr hilfreich für unsere Untersuchungen ist das nicht gerade.« Der Polizeibeamte schob Micha die Papiere mit dessen Aussage über den Tisch zu. »Jetzt fehlt nur noch Ihre Unterschrift, dann können Sie gehen.«

So viel Unsinn hatte er schon lange nicht mehr gehört, dachte Micha, als er wieder auf die Straße trat. Seine eigene Freundin zu verdächtigen, mit den Ganoven unter einer Decke zu stecken! Kein Wunder, dass so viele Verbrechen nicht geklärt wurden. Wenn dessen Kollegen genauso waren ...

Unruhig schaute er auf die Uhr. Zeit für seinen Termin beim Zahnarzt. Er seufzte. Manchmal wusste man wirklich nicht, was schlimmer war: von einem gemeingefährlichen Killer beschossen zu werden oder seinem Zahnarzt in die Hände zu geraten. Er biss die Zähne zusammen. Wenn‘s hart auf hart kam, gab‘s nur eins – Augen zu und durch.

Todesmutig drückte er auf die Klingel der Zahnarztpraxis.

49

»Hallo, schöne Frau«, sagte die sonore Stimme über ihr. Mandy Lovejoy öffnete die Augen.

»Rick«, hauchte sie, als sie sah, wer vor ihrem Krankenbett stand. »Ich, äh, ich werde gleich ...«

»Operiert«, vollendete er den Satz. »Ich weiß, deshalb bin ich hier. Um nichts auf der Welt würde ich dich in eine so schwerwiegende Operation gehen lassen, ohne dir vorher zu sagen, was ich dir schon vor Jahren hätte gestehen sollen: dass ich dich liebe.« Vorsichtig fuhr er mit den Fingerspitzen über ihre Wange. »Ich habe mich wie ein Idiot benommen, Mandy. Nicht bei dir zu bleiben, war der größte Fehler meines Lebens.« Er stöhnte. »Kein Tag, an dem ich das nicht bereut habe. Kein Moment, in dem ich vergessen konnte, dass ich so blöd war, meine große Liebe zu verlassen.«

Errötend setzte sich Mandy auf und versuchte, mit den Fingern ihre Frisur zu richten.

»Versuch es gar nicht erst.« Rick nahm ihre Hand in die seine. »Du bist geradezu schrecklich verstrubbelt – und noch schöner, als ich dich in Erinnerung hatte. Du solltest dein Haar immer so tragen.«

»Ach Rick«, seufzte Mandy. »Ich bin so froh, dass du hier bist. Es war furchtbar von mir, deinen Zwillingsbruder zu heiraten; was musst du damals von mir gedacht haben.« Liebevoll drückte sie seine Hand. »Dabei habe ich mich so nach dir gesehnt. Mit David an meiner Seite konnte ich mir wenigstens vorgaukeln, du wärest immer noch bei mir. Er sah dir so ähnlich.«

»Sprechen wir nicht mehr davon.« Rick legte seine Hand auf ihre Lippen. »All das ist Vergangenheit. Längst vergeben und vergessen. Was jetzt zählt, ist die Zukunft – und deine Gesundheit.«

»Ich muss dir etwas gestehen«, flüsterte Mandy. »Etwas Wichtiges. Noch jetzt, vor der Operation.« Nervös zupfte sie an der Bettdecke. »Ich hätte es dir gleich damals sagen müssen.«

»Was ist?«, fragte er. »So schlimm kann's doch nicht sein.«

»Doch.« Mandy sah ihm ängstlich in die Augen. »Rick, ich ... nein, wir ... Du und ich, wir haben eine Tochter. Ich habe sie damals zur Adoption freigegeben.«

Die Nachricht kam wie ein Schock, jeder Blinde hätte das sehen können. Rick starrte sie an, als sähe er einen Geist. So fassungslos hatte sie ihn noch nie erlebt, aber besser jetzt als nie. Mandy war heilfroh, dass ihr Geheimnis endlich ans Licht gekommen war, Berta sei Dank. Hätte die sie nicht so bedrängt, Rick endlich die Wahrheit zu sagen, würde sie womöglich für immer geschwiegen haben. Mandy lächelte. Was immer Rick jetzt von ihr dachte, ein riesiger Stein der Erleichterung war von ihr gefallen, nun, da sie endlich reinen Tisch gemacht hatte. Sie fühlte sich frei wie ein Vogel im Wind. Die Tat, die so viele Jahre an ihrer Seele genagt hatte, musste nicht mehr im Schweigen erstickt werden und – oh Wunder – die Welt war nicht ins Wanken geraten. Die Erde drehte sich immer noch. Nichts hatte sich geändert, gar nichts. Oder doch?

Ängstlich versuchte sie, Ricks Ausdruck zu deuten. Würde er sie jetzt hassen? Würde die Liebe, die er ihr soeben gestanden hatte, an ihrer Tat zugrunde gehen wie so viele Lieben, die zu schwach waren, die rauhe Wirklichkeit des Alltags zu überleben?

Bevor Rick auch nur ein Wort äußern konnte, betrat Schwester Gloria den Raum; eine Krankenschwester, wie sie effizienter nicht sein konnte. Anders formuliert: ein Besen erster Güte. Genau die Person, die man in dieser Situation am wenigsten gebrauchen konnte.

»Ende der Besuchszeit«, erklärte Gloria rigoros und schenkte Rick Lovejoy einen deutlichen Hauen-Sie-ab-Mann-und-zwar-gleich-Blick. »Noch einmal Fiebermessen, dann geht's ab in den OP.« Sie warf Mandy einen kritischen Blick zu. »Alles in Ordnung oder haben wir Angst?«

Mandy zog die Nase kraus. »Keine Ahnung, ob Sie Angst haben. Ich habe jedenfalls keine.«

»Aber ich«, murmelte Rick und schickte einen besorgten Blick in Richtung Mandy. »Sagen Sie mal«, wandte er sich an die Schwester. »Haben Sie hier eine Krankenhauskapelle?«

50

Berta hatte gerade ihr Gebet beendet, dass sie Sabine möglichst schnell allein sprechen konnte und dass Mandys Operation gut verlaufen würde, da schellte die Türklingel. Als sie öffnete, stand vor ihr die Person, die sie am Dringendsten auf der Welt herbeigesehnt hatte: Gott hatte Sabine Eberstein genau in ihre Arme geschickt.

»Ach Sie sind's«, sagte Sabine bei ihrem Anblick, sichtlich enttäuscht, dass nicht ihr Liebster, sondern dessen Tante im Türrahmen stand. »Eigentlich wollte ich sehen, ob Micha schon vom Zahnarzt zurück ist.«

»Nein, noch nicht«, flötete Berta und zog Sabine ins Wohnzimmer, bevor diese wusste, wie ihr geschah. »Aber er kommt bestimmt bald nach Hause, um sich von uns bemitleiden zu lassen.« Sie zwinkerte Sabine verschwörerisch zu. »Sie wissen ja, wie Männer sind.«

Sabine strich ihr Haar zurück, reagierte aber nicht weiter auf den kleinen Scherz. »Ich warte auf ihn. Wenn

Sie möchten, halte ich gerne hier die Stellung. Sie haben bestimmt jede Menge zu erledigen.«

Das hatte die sich so gedacht, dass sie sie hier allein ließ, dachte Berta und setzte zum Schlag an. »Ich denke, wir beide haben eine ganze Menge miteinander zu bereden.« Sie schenkte Sabine Eberstein ein zuckersüßes Lächeln. »Zum Beispiel über den gefälschten Arztbrief, den Sie an Ihre Mutter geschickt haben, und den Mord an Gottfried Erbele.«

»Wie bitte?« Sabine zog die Augen zu Schlitzen zusammen. »Wovon reden Sie überhaupt?«

»Das Katz-und-Maus-Spiel können wir uns sparen. Ich weiß ziemlich genau, was passiert ist.« Berta ließ sich nicht aus der Ruhe bringen. »Mein Anwalt weiß es übrigens auch«, log sie. »Nur für den Fall, dass mir etwas zustößt.«

»Ich habe keine Ahnung, was Sie meinen«, antwortete Sabine giftig. »Aber tun Sie sich keinen Zwang an. Ich höre.«

»Wenn es Ihnen lieb ist, erinnere ich Sie gerne daran, was Sie getan haben.« Berta holte tief Luft. »Sie wissen, dass Mandy Lovejoy Ihre leibliche Mutter ist, und haben außerdem durch Ihre Aushilfstätigkeit als Sprechstundenhilfe erfahren, wie krank Mandy ist. Aus Rache, weil Mandy Sie als Baby zur Adoption freigegeben hat, schickten Sie ihr daraufhin den gefälschten Arztbrief. Mandy dachte, sie sei völlig gesund, während ihr Lungentumor täglich größer und gefährlicher wurde.«

»Aus Rache, weil sie mich zur Adoption freigegeben hat?« Sabine schien sich bestens zu amüsieren. »Sie glauben gar nicht, wie egal mir das ist. Aber Mandy Lovejoy hat keine weiteren Kinder, bei ihrem Tod werde ich ihr ganzes Vermögen erben.« Sie lächelte boshaft. »So eine Erbschaft kann ich mir doch nicht durch die

Lappen gehen lassen. Allerdings muss sie zuerst einmal sterben, und das passiert nur, wenn der Tumor in Ruhe weiterwachsen kann.«

So war das also. Berta sah sie fassungslos an. »Wissen Sie denn nicht, dass eine Mutter alle Bindungen zu ihrem leiblichen Kind löst, wenn sie es zur Adoption freigibt?«, fragte sie. »Wenn Mandy stirbt, erhalten Sie keinen Cent. Sie sind nicht erbberechtigt.«

Sabine wurde blass. Anscheinend hatte sie tatsächlich keine Ahnung von der Rechtsprechung zu diesem Thema, im Gegensatz zu Berta, die lange genug in einer Kanzlei gearbeitet hatte.

»Deshalb wollten Sie auch Mandys Hochzeit mit Gottfried Erbele verhindern, nehme ich an«, fuhr sie fort. »Zuerst dachte ich, Sie seien selbst hinter Gottfried her, aber in Wirklichkeit wollten Sie verhindern, dass es einen Ehemann gibt, mit dem Sie das Erbe teilen müssen, stimmt's?«

Sabine sparte sich eine Antwort. »Mandy Lovejoy ist mittlerweile im Krankenhaus, hat mir Micha erzählt«, sagte sie. »Deshalb können Sie sich Ihre Anschuldigungen ruhig sparen. Die Sache hat sich in Luft aufgelöst: Ihre Freundin wird nicht sterben, und wo es keine Leiche gibt, kann auch niemand angeklagt werden. Dass eine unbedarfte Aushilfe aus Versehen einen falschen Brief schickt, ist doch nur menschlich, finden Sie nicht?« Sie seufzte. »Pech für mich, dass es nicht geklappt hat, aber es gibt noch andere Mittel und Wege, zu Geld zu kommen.«

»Indem Sie sich die Schneeprinzessin unter den Nagel reißen?« Berta sah ihr kampfeslustig in die Augen. »Nicht nur, dass Sie Ihre leibliche Mutter in den Tod treiben wollten, selbst vor dem Mord an Gottfried Erbele schreckten Sie nicht zurück!« Diese Sabine Eberstein war die Bosheit in Person.

»Damit habe ich nicht das Geringste zu tun«, wehrte Sabine ab. »Die beiden Gangster sollten Erbele den Diamanten lediglich abnehmen. Dass diese Idioten ihn gleich totschießen, war nicht eingeplant. Das Ganze ist einfach dumm gelaufen.«

Berta konnte nur den Kopf schütteln. Sabine hatte Nerven. Ein Mensch war gestorben und das Einzige, das sie zu sagen hatte, war: »Dumm gelaufen.«

»Woher wussten Sie eigentlich, dass er den Diamanten besaß?«

Sabine grinste. »Das war das Einfachste überhaupt: Meine Zeitung hatte Wind davon bekommen, was er seiner Braut als Hochzeitsgeschenk gekauft hat, und ich war die Glückliche, die den Artikel schreiben durfte.« Versonnen betrachtete sie einen dekorativen Diamantring, den sie am kleinen Finger trug. »Die Prinzessin ist der reine Wahnsinn und ein Vermögen wert. Wenn ich nicht versucht hätte, den Stein an mich zu bringen, hätte es ein anderer probiert.« Trotzig warf sie ihr Haar zurück. »Sie glauben doch nicht im Ernst, dass ich mein Leben als Aushilfssprechstundenhilfe und Lokalreporterin verbringen will, wenn ich nur zugreifen muss, um an ein Millionenvermögen zu kommen?« Sie sah Berta fragend an. »Wie sind Sie überhaupt darauf gekommen, dass ich die beiden Ganoven beauftragt habe?«

»Der Schuss vor dem Hotel«, erklärte diese. »Ich wusste gleich, dass damit etwas nicht stimmt.«

»Und zwar?«

»Micha wurde nicht getroffen«, antwortete Berta. »Sehr merkwürdig. Dieser Typ hat schließlich nicht zum ersten Mal auf einen anderen geschossen. Außerdem musste ihm jemand die Adresse gesagt haben, und da kamen nur Sie in Frage.«

»Messerscharf kombiniert.« Sabine applaudierte, gepaart mit einem süffisanten Lächeln, das wohl ihre intellektuelle Überheblichkeit demonstrieren sollte. »Der Schuss diente in der Tat nur dazu, dass ich Micha vor dem bösen Killer retten konnte. So schlug ich zwei Fliegen mit einer Klappe: Micha ist nicht nur felsenfest davon überzeugt, dass ich mit den beiden Gangstern nichts zu tun habe, sondern hat mir auch alles über Ihr bisheriges Abenteuer erzählt.« Sie lehnte sich an die Schreibtischkante. »Jetzt muss ich nur noch herausfinden, wo die Schneeprinzessin versteckt ist, aber verliebt wie er ist, wird er mir auch das bald erzählen.«

Berta sog die Luft ein. Daher wehte also der Wind. Micha sollte ihr das Versteck der Schneeprinzessin verraten. Deshalb hatte sie sich also an ihn herangemacht.

Ihr Blick fiel auf den Kalender auf dem Schreibtisch neben Sabine, mit dem beruhigenden Leitspruch »Der Herr ist mit dir«. Das Wissen, dass sie in dieser brenzligen Situation nicht allein war, war ein willkommener Trost. Von hier, aus der Distanz, sah die Taube auf dem Bild plötzlich gar nicht mehr aus wie eine Taube, sondern wie ...

Berta verstand zwar Gottes Plan nicht, aber wenn er wollte, dass sie Sabine dorthin führte, so würde sie das selbstverständlich tun.

»Ich muss Sie enttäuschen«, wandte sie sich an Sabine Eberstein. »Micha hat keine Ahnung, wo die Schneeprinzessin versteckt ist. Ich bin die Einzige, die das Versteck kennt, aber ich bin verhandlungsbereit. Wenn Sie mir versprechen, meinen Neffen in Zukunft in Ruhe zu lassen, teile ich mir gerne mit Ihnen den Erlös.«

Sabine biss sich auf die Lippen. Bestimmt überlegte sie, ob sie tatsächlich mit ihr teilen oder sie vorher umlegen sollte, schätzte Berta. Für den Diamanten machte die alles. Nur gut, dass Gott ihr beistand, der Hexe das Handwerk zu legen.

»Gut«, entschied Sabine. »Wir gehen gemeinsam zum Versteck und holen den Diamanten. Dann geben Sie mir den Stein und ich verkaufe ihn. Den Gewinn teilen wir uns dann.«

»Und Sie versprechen, Micha nicht wiederzusehen?«

Sabine winkte ab. »Kein Problem, im Meer schwimmen viele Fische. Wann gehen wir?«

Offensichtlich hatte sie an ihm nicht mehr Interesse als eine Vogelspinne an einer Schwarzwälder Kirschtorte.

»Am besten sofort«, erklärte Berta und steuerte auf die Haustür zu. »Bevor Micha nach Hause kommt und fragt, was wir vorhaben.«

51

»Hier hat er den Diamanten versteckt?« Sabine starrte ungläubig auf den Eingang von Gottfried Erbeles Villa. Mit zusammengezogenen Augenbrauen wandte sie sich an Berta. »Das glauben Sie doch selbst nicht, dass die Schneeprinzessin noch immer hier im Haus ist! Ich fresse einen Besen, wenn die Polizei nicht bereits alles gründlich durchsucht hat.«

»Natürlich hat sie das, genau wie Ihre feinen Komplizen.« Berta lächelte geheimnisvoll und zog den Haustürschlüssel aus der Handtasche. »Trotzdem ist die Schneeprinzessin noch in ihrem Versteck; Sie werden ja sehen.«

»Das hoffe ich doch sehr«, giftete Sabine Eberstein. »Wenn Sie mich für nichts und wieder nichts hierher gelockt haben, gibt's Ärger.«

»Bitte sehr.« Berta hielt ihr den Schlüssel hin. »Sesam öffne dich.«

Gierig griff Sabine zu. »Sehen wir, dass wir reinkommen, ehe irgendwelche Nachbarn Verdacht schöpfen«, murmelte sie und öffnete. »Dumme Fragen können wir jetzt nicht gebrauchen.«

Stimmt, dachte Berta, folgte Sabine ins Haus und zog die Tür leise hinter sich zu. Sofort waren sie von Stille umgeben. Die Geräusche der Straße, des Alltags, waren draußen geblieben, auf der anderen Seite der Tür. Die Ruhe innerhalb der Villa berührte sie. Wie schon neulich erinnerte sie die Atmosphäre an das Innere einer Kirche.

»Wo ist sie?«, zischte Sabine durch die Stille. »Zeigen Sie mir, wo die Schneeprinzessin versteckt ist.«

»Gleich hier«, antwortete Berta. Ihr ausgestreckter Arm wies auf den mächtigen Kronleuchter, der über der Halle schwebte. »Dort oben zwischen all den künstlichen Diamanten.«

»Unglaublich«, murmelte Sabine Eberstein in aufrichtiger Bewunderung, als ihr Blick auf die Hunderte von funkelnden Tropfenkristallen fiel, die ihr weißes Licht aus der Kuppel durch den Raum sprühten. »Das Versteck ist der reine Wahnsinn.«

So viel Raffinesse hatte sie Gottfried Erbele wohl nicht zugetraut.

»Kein Wunder, dass diese beiden Dubbel den Stein nicht gefunden haben.« Fragend sah sie Berta an. »Welcher von ihnen ist es? Sie sehen alle gleich aus.«

»Der Diamant ist genau in der Mitte. Stellen Sie sich einfach unter den Lüster und schauen Sie direkt nach oben. Das Funkeln der Schneeprinzessin ist nicht zu übersehen.«

Mit glänzenden Augen trat Sabine unter den Leuchter und blickte nach oben. »Tatsächlich, das dort muss er sein. Er strahlt irgendwie ganz anders als die anderen Tropfen aus Glas – und sehen Sie mal, der Kronleuchter kann elektrisch heruntergefahren werden.«

»Sollten wir nicht lieber eine Leiter ...«, setzte Berta an, doch Sabine brachte sie mit einer ärgerlichen Handbewegung zum Schweigen.

Schon stürmte sie in Richtung Vorhang, hinter dem das Drahtseil, das den Kronleuchter am Platz hielt, diskret verschwand. Sie schob die Gardine zur Seite.

»Wusste ich's doch!« Triumphierend hielt Sabine die Fernbedienung in die Höhe. »Ein Millionär wie Gottfried Erbele, der sich das Teuerste vom Teuren leisten kann, steigt doch nicht auf eine Leiter, um an seinen Kronleuchter ranzukommen.«

Sie nahm den Leuchter mit der Fernbedienung ins Visier und drückte auf einen der Knöpfe. Keine Reaktion. Sie drückte erneut. Wieder nichts.

»Vielleicht ist keine Batterie drin.«

»Unfug! Die Batterie geht, hier brennt ja ein weißes Licht. Außerdem lag sie auf der Aufladestation.« Sabine stellte sich unter den Kronleuchter und fuchtelte mit der Fernbedienung nach oben. Dabei drückte sie hektisch alle möglichen Knöpfe. »Du verdammtes Ding, wenn du nicht gleich ...«

Weiter kam sie nicht, dann hatte der schwere Kronleuchter Sabine Eberstein krachend unter sich begraben. Einer der Knöpfe musste wohl der richtige gewesen sein. Oder der falsche, je nachdem, wie man es sah.

Berta schlug die Hand vor den Mund. War Sabine etwa ...?

Vorsichtig trat sie näher und lauschte. Stille. Nichts rührte sich. Kein Stöhnen, keine Bewegung störte die Ruhe.

Aus den Trümmern des Kronleuchters ragte Sabines geöffnete Hand hervor, daneben lag die Fernbedienung. Vorsichtig tastete Berta nach ihrem Puls. Nichts. Sabine Eberstein war tot.

Berta seufzte. Nun war es an Gott, sie zu verurteilen. Langsam richtete sie sich auf und verließ das Haus. Mehr gab es hier für sie nicht zu tun. Jetzt, nachträglich, war Gottes Plan nicht misszuverstehen: Aus der Entfernung hatte die weiße Taube auf dem Kalenderblatt ausgesehen wie ein Kronleuchter.

Drei Wocha schbädr

52

Beschwingt stieg Berta aus dem Zug. Sie hatte eine wunderbare Zeit verlebt, Mandy sei Dank.

»Nicht nur ich brauche Erholung«, hatte diese gut gelaunt entschieden, bevor sie nach ihrer Operation mit sechs Koffern und Rick Lovejoy im Schlepptau in dieses schicke Kurbad im Schwarzwald aufgebrochen war, »sondern auch du.«

Mit aufmunterndem Augenzwinkern hatte Mandy ihr einen Gutschein für acht Tage in einer Schönheitsfarm an der belgischen Küste überreicht. Die Broschüre versprach, die so Verwöhnte nicht nur frisch entschlackt, massiert und pedikürt wieder in die Gesellschaft zu entlassen, sondern auch um etliche Kilo leichter. Berta war entzückt. Auf einer Beautyfarm war sie noch nie gewesen, es wurde also Zeit. Um Micha machte sie sich keine Sorgen. Den würde Sir James auf Trab halten, der sich als Schnüffel- und Wachhund bei *Rundum Sorglos* durchaus nützlich machte. Solange dieses Kalb von Hund im Haus war, würden garantiert keine Einbrecher auf die Idee kommen, ihnen zu nahe zu kommen. Außerdem hielt er ihren Neffen davon ab, sich Gedanken um Sabine Ebersteins Verbleib zu machen. Verschiedene neue Rasenmäh-Aufträge und Sir James' Gassigehbedürfnisse ließen Micha nicht viel Zeit, seiner verschwundenen Freundin hinterherzutelefonieren.

Auf dem Weg zur Schönheitsfarm legte Berta einen kleinen Zwischenstopp in Antwerpen ein. Sie genoss einen Ausflug in den wunderbaren Zoo, köstliche *moules frites* mit Bier und vor allem ihr Treffen mit Herrn van Kleef.

Das Ganze klappte wie am Schnürchen. Wenn bloß alle Geschäftsmänner so wären wie dieser reizende Freund von Herrn Stempfle, dachte Berta, froh, die Verantwortung für den wertvollen Diamanten endlich los zu sein.

»Können Sie die Prinzessin einfach so weiterverkaufen, nachdem sie in einen Mordfall verwickelt war?«, hatte sie ihn gefragt.

»Keine Sorge.« Lächelnd hatte er sich in aller Seelenruhe einen Schluck Campari Orange gegönnt. »Es gibt immer Mittel und Wege. Wenn es nicht anders geht, wird der Stein eben umgeschliffen.«

Nun, ihr Problem war das nicht. Sicher war, dass die Schneeprinzessin wohlbehalten in Herrn van Kleefs Antwerpener Tresor lag und *Haus Sonnenberg* um ein wahres Vermögen reicher geworden war. Auf ihre Anweisung hin hatte er die Summe unter der Auflage gespendet, dass der Betrag für umfangreiche Renovierungsarbeiten sowie einen Anbau zu verwenden sei.

Berta war glücklich. Liebe deinen Nächsten. Dass nicht nur Micha, Mandy und ihre besten Freunde die geheimnisvollen Nächsten waren, von denen in der Bibel gesprochen wurde, war ihr spätestens seit dem Moment klar, als sie die Zeichnung auf dem Kalenderblatt gesehen hatte: Eine Gruppe von Leuten aller möglicher Hautfarben und Altersgruppen – ein Bild, das die

Menschheit darstellte, so wie Gott sie geschaffen hatte. Alle Menschen waren damit gemeint, nicht nur die wenigen, die sie persönlich kannte.

Diese Menschheit galt es zu schützen, war ihr schlagartig bewusst geworden. Gott hatte Sabine Eberstein zu sich geholt, ehe sie noch mehr Unheil anrichten konnte.

Kein Wunder, dass der Herrgott eingeschritten war. Auf die Polizei wäre in diesem Fall kein Verlass gewesen. Resigniert schnaubte Berta durch die Nase. Nicht einmal eingesperrt hätten sie sie. Sabine hatte das natürlich auch gewusst. Mit der Ausrede, den falschen Arztbrief versehentlich geschickt zu haben, wäre ihr bösartiger Versuch, Mandy in den Tod zu treiben, als bedauerlicher Irrtum einer Aushilfe und Lappalie zu den Akten gelegt worden. Selbst wenn der Richter dem mehrfach vorbestraften Sonnenbrillen-Killer und seiner unangenehmen Freundin glaubte, dass Sabine sie beauftragt hatte, die Schneeprinzessin zu stehlen – den Mord an Gottfried Erbele hatten die zwei selbst zu verantworten. Sabine wäre, wenn überhaupt, mit einer minimalen Strafe aus dem Gerichtssaal spaziert. Frei, um weiterhin ihr Gift zu verspritzen. Gut, dass Gott rechtzeitig eingegriffen hatte.

Berta sah sich auf dem Bahnsteig um und entdeckte Micha, der mit zum Empfang ausgebreiteten Armen auf sie zueilte.

»Willkommen dahoim!« Lachend schmatzte er ihr einen Kuss auf die Wange und begutachtete sie ausgiebig von oben bis unten. »Unglaublich, wie du abgenommen hast. Gab's an diesem sündhaft teuren Ort nichts zu essen?«

Lachend drehte seine Tante eine Pirouette, um ihre neue Figur vorzuführen. »Also diese Diät, die sie dort haben, ist wirklich erstaunlich. Man kann so viel essen wie man will und verliert trotzdem die Pfunde.«

»Hast du gehört, dass Sabine tot in Gottfried Erbeles Villa entdeckt wurde?«, fragte Micha, nachdem sie mit einem Glas Begrüßungssekt auf ihre Heimkehr angestoßen hatten.

Berta nickte. »Ja, ich habe es in der Zeitung gelesen. Schrecklich! Anscheinend ist der Kronleuchter auf sie gefallen.« Sie warf ihrem Neffen einen mitleidigen Blick zu. »Es tut mir leid, dass es so gekommen ist.«

Micha seufzte. »Sie gehen davon aus, dass die Elektrohalterung einen technischen Defekt hatte, aber mehr weiß man noch nicht.«

»Ich hoffe, du kommst bald darüber hinweg«, murmelte Berta. »Ihr beide wart so ein hübsches junges Paar, und so glücklich.«

Micha zuckte die Achseln. »Ach, weißt du, Tante Berta, ich bin gar nicht sicher, ob Sabine wirklich glücklich mit mir war. Manchmal wirkte sie so abwesend, fast schon desinteressiert. Und jetzt, nachdem sie in Erbeles Haus gestorben ist, denke ich manchmal, dass du tatsächlich recht hattest.«

»Wieso? Was meinst du?«

»Dass sie eigentlich Gottfried Erbele geliebt hat. Das hast du damals gleich vermutet, als Sabine uns den Auftrag gab, seine Hochzeit zu verhindern.« Nachdenklich betrachtete er die Sektperlen in seinem Glas. »Anders kann ich mir nicht erklären, was sie in seiner Villa zu suchen hatte. Ich glaube, sie wollte noch einmal mit der Erinnerung an ihn allein sein, dort, wo er zu Hause war.«

Das Schrillen der Türklingel ließ ihn aufhorchen. »Sonntagabend. Erwartest du jemanden?«

Berta schüttelte den Kopf. »Warum machen wir nicht einfach auf und sehen, wer es ist?«

Sie drückte auf den Türöffner. Zwei Minuten später keuchte eine beleibte Blondine in den Raum.

»Gott, was für ein süßes Hundle«, rief sie bei Sir James' Anblick und strahlte in die Runde. »Hätte ich das gewusst, hätte ich ihm einen Knochen mitgebracht.« Dann wandte sie den Blick in Richtung Micha. »Sie sind der Besitzer von *Rundum Sorglos*, nehme ich an.« Umständlich fischte sie ein dickes Bündel Geldscheine aus ihrer Handtasche und wedelte damit durch die Luft. »Herr Stempfle hat Sie empfohlen. Ich hätte da einen besonders kniffligen Auftrag.«

Eilfertig holte Berta ein drittes Sektglas aus der Vitrine. Mal wieder ein Abend, der versprach, hochinteressant zu werden.

Man konnte es wirklich nicht oft genug sagen, dachte sie, während sie das Glas mit der perlenden Flüssigkeit auffüllte. Seit Micha diese Firma hatte, war in ihrem Leben richtig was los.

Ende guad, ällas guad
– doch dr nächschde Mord kommt beschdimmd.

Die Autorinnen

Bettina v. Cossel

Seit sie eine Leiche unter ihrem Hotelzimmerfenster fand – und Jahre später ein blutverkrustetes Messer in der Holzwolle ihres Biedermeierstuhls – lässt sie der Krimi nicht mehr los. Außerdem schreibt sie unter verschiedenen Pseudonymen Kurzgeschichten für Anthologien und Zeitschriften. Bettina v. Cossel ist Mitglied der Mörderischen Schwestern.

Kriminalromane: »Tod in den Dünen« (Wellhöfer-Verlag), »Todesspiel auf Juist« (Wellhöfer-Verlag), »Totkäppchen« (Wellhöfer-Verlag), »Die hässliche Ente« (HML Media Edition), »Mörderische Schnitzeljagd« (HML Media Edition)

Carolin v. Saint Paul

Carolin v. Saint Paul wurde 1960 in Bad Salzuflen geboren und wuchs in der rheinischen Tiefebene auf. Seit nunmehr 27 lebt sie auf den Höhen der schwäbischen Alb. Zur Familie gehören ihr Mann und ihr Sohn. Wie es Tradition ist, arbeitet sie als fast Schwäbin in der eigenen Firma mit.

Darüber hinaus schreibt sie gerne Kurzgeschichten für Anthologien und liest bei den Bad Uracher Lesenächten

Fride sei mit euch

Komischer Krimi mit viel Schwäbisch
von Kathinka Kaden

216 Seiten, Euro 12,95

Es geschah in Birningen, einer typisch schwäbischen Kleinstadt. Ausgerechnet in ihrer neuen Kirchengemeinde in Birningen läuft der lebenslustigen Vikarin Fride ihre große Studentenliebe Jo über den Weg, der inzwischen ebenfalls im geistlichen Beruf unterwegs ist – allerdings als katholischer Vikar. Die beiden beginnen eine heimliche Affäre und alles könnte so schön gefährlich-romantisch sein. Doch nicht in Birningen. Gerade im Dienst, bemerkt Fride Anzeichen für ein schlimmes Verbrechen und schöpft Verdacht gegen den Bauern Wilhelm Gudbrod. Kaum ist dieser ausgesprochen, befindet sie sich mitten in einem Netz aus Misstrauen, sonderbaren Seilschaften und zwielichtigen Typen. Als wäre das alles nicht schlimm genug, gibt es auch noch eine Leiche.
„Fride sei mit euch“, kann man denen nur wünschen, die in solch ein schwäbisches Haifischbecken geraten.

Schwabens schwarze Seele

25 Krimis - 28 Rezepte

Bettina Hellwig (Hrsg.)

330 Seiten, Euro 12,95

26 Krimiautoren servieren deftige schwäbische Spezialitäten in skurril-heiteren, schwarzhumorigen und mörderisch spannenden Geschichten. Von der Landeshauptstadt Stuttgart bis zur Schwäbischen Alb und den Nordschwarzwald dampfen Töpfe mit Flädlesupp‘ und Maultaschen, und aus schwäbischen Backöfen zieht ein tödlicher Duft nach Käsespätzle und Nonnenfürzle durchs Land.

Mit dabei sind: *Dorothea Böhme, Gitta Edelmann, Toni Feller, Bettina Hellwig, Barbara Saladin, Regina Schleheck, Ursula Schmid-Spreer, Christian Sußner, Bernd Storz, Michael und Ulrike Wanner, Peter Wark, Gudrun Weitbrecht, Ingrid Werner*